佐野しなの
ILL. あるみっく
私のほうが先に好きだったので。
2
WATASHI NO HOUGA
SAKI NI
SUKI DATTANODE.

初めてのキス。
——もっと。もっと。もっと。

——もう一回。

痛む頬と掌。

三角形、崩壊。

「わたし、安芸くんがいい」
「もう、なにも考えたくない。
ねえ、助けて、安芸くん……」

「頭の中、ぐちゃぐちゃになりたい」

CONTENTS

WATASHI NO HOUGA
SAKI NI
SUKI DATTANODE.

私のほうが先に好きだったので。２

佐野しなの

GA文庫

カバー・口絵・本文イラスト
あるみっく

プロローグ

PROLOGUE

なぜ、こんなことになった？
どうして小麦《こむぎ》の尻《しり》が俺《おれ》の下腹部に乗っかっているんだ。
なんで小麦の太ももは俺の脇腹《わきばら》をがっちり挟んでいるんだ。

上体を俺の胸に押しつけるようにして小麦が体重をかけてきた。
スカートがめくれ上がってるのを気にかける様子もない。
ぐっしょり濡《ぬ》れた瞳《ひとみ》と、生温かく湿った吐息。
どこか熱に浮かされた小麦の顔がすぐ近くにある。
なぜ、こんなことになった？

——私のほうが先に好きだったんだもん……。

そうだ。小麦が言った。ついさっきそう言った。

WATASHI NO HOUGA
SAKI NI
SUKI DATTANODE.

俺はその言葉をなにひとつ咀嚼《そしゃく》することができなかった。

硬直する俺に身を寄せようとした小麦は、踏んだ写真で足を滑らせ、体勢を崩した。

うまく支えてやることができず、二人して倒れてしまった。

大丈夫か、と声をかけようとした。できなかった。声なんか出なかった。

俺は思わず身をすくませた。

加二釜《かにかま》小麦は、俺の幼なじみで、憧《あこが》れで、元カノで、今カノの親友で、誰《だれ》よりよく知る相手で、だけど、今、目の前にいるのは、まるで知らない女の子だ。

瞳孔が開いていて、でも体は小刻みに震えていて、こんな弱々しい姿を見たのは初めてだった。

どうしよう、と思った。

小麦が、おかしくなった。

なにか別の生き物に乗っ取られていると言われても俺は信じる。

どうすれば元に戻る？

人生の半分以上を一緒に過ごしているのに、対処法のデータベースはからっぽだ。

だって、こんなことは今までなかった。まったくなかった。

密着した体。互いの制服の緩《ゆる》やかな摩擦音。

薄く開いた小麦の唇が俺の唇にゆっくりと近づいてくる。

小麦の長い髪が、さらりと俺の顔をくすぐった。
背筋をなにかが這《は》いまわるようなぞわりとした違和感を覚える。
頭が真っ白になって、抵抗もできない。
俺のほうが体がでかい。俺のほうが力がある。
なのに、逃げられない。
まるで喉元《のどもと》に大型の獣の牙《きば》が突きたてられているみたいだ。
鋭い牙がぷつりと皮膚を破って体内に深く沈みこんでいく。
そんな映像が鮮明に脳裏《のうり》によぎる。
「こ――――」
それでもなんとか絞り出した声。
だが、小麦、と名前を呼び切ることはできなかった。

できるわけがなかった。

ああ、一体。
なぜ、こんなことになった?

第一部　真実最高マンの誤答

WATASHI NO HOUGA SAKI NI SUKI DATTANODE.

1

ＳＡＫＵＲＡ《ごめん、安芸《あげ》くん。先に帰るね》
ＳＡＫＵＲＡ《ちょっとおうちの都合悪くなっちゃった。親からすぐ帰るよう連絡きてて》
ＳＡＫＵＲＡ《だから今日の約束はまた今度で。ごめんなさい》
ＳＡＫＵＲＡ《※申し訳なさそうな表情のシーラカンスのスタンプ※》
　これは嘘《うそ》のメッセージ。
　小麦《こむぎ》ちゃんが安芸くんに行っちゃやだって言って、わたしが部室から逃げた日に送った。
　既読スルー。
ＳＡＫＵＲＡ《昨日はホントごめんね》
ＳＡＫＵＲＡ《安芸くん四連休なにしてるの？　わたしはずーっと家族旅行だよー。今もう自然にかこまれまくってるよー》

これはその翌日のゴールデンウィーク初日に送ったやつ。朝に二件。

SAKURA《※満天の星空の写真※》
SAKURA《ねー！　すごいでしょ！　二人と一緒に来れたらよかったな！》
夜に二件。夜のほうに至っては未読スルー。

ゴールデンウィーク二日目の昼、いまだ返信なし。

これじゃわたしが日記的メッセージ送りつける輩《やから》みたいじゃん。感銘受けた名言とか、受け狙《ねら》いの大喜利とか、全然面白《おもしろ》くもないのに勝手に押しつけてくるヤツ。マジ迷惑。あの手の輩って、ガチ恋だろーが、ヤリモクだろーが、わたしみたいな可愛《かわい》い子が一日にどんだけその手のメッセージ受け取ってるか考えないのかなー。

ほかと差をつけてるつもりっぽいけどみーんな一緒。

しかもアレ、放置したら放置したで『おーい笑』ってかまってちゃん発揮するわ、『こんなの送ったら鳩尾《はとび》さんの彼氏に怒られちゃうのかな?』って恋人の有無を探るテクニック発動するわでウザいったらない。あの彼氏がいる前提で聞くってテク、なんか古いしキモいしバレバレだしすっごい不愉快。

え、てか、じゃあ今、そういうのと同じ感じなの、わたし？　うへえ。

あー……、これが恋ってこと？

小っちゃい頃の初恋はよくわかってなかったし、今も恋心ってものをつかみかねてるけど、そっか、これがそうなのか。

わたしにアプローチしてきた男の子たちみんな、反応がほしすぎて空回りしてんのダッサって思ってたけど、わたしも人のこと言えないや。

「ホント、なんで返事が来ないのー?」

ベッドに寝転がって、返信のないスマホの画面を睨《にら》みつける。

こんなに反応を待ち望んだことって、今までない。

あー、わたしってば、なんで別荘なんかにいなきゃなんないの。

ゴールデンウィークは毎年家族旅行だってこと頭から抜けてたよ、もー……。

部室で小麦ちゃんが安芸くんにすがりついてたけど、あのあとどうなったんだろ。

やっぱりすぐ踏みこむべきだったのかな。

なんであのとき『明日からゴールデンウィークじゃん! 旅行じゃん! 今逃げたら四日間二人に会えないんだよ⁉』って気付かなかったんだろ。

「小麦ちゃんなんか全部未読スルーなんだもん……」

安芸くんに宛てたのと同じようなメッセージ送ってるのに。

桜子《さくらこ》、今まで黙っててごめんなさい、実は私も安芸が好きなの——って小麦ちゃんは送ってくるべきなんじゃないの、ねえ。

攻勢に出るって決めたタイミングで二人の近くにいられないなんて最悪。

わたしが旅行で他県にいる隙《すき》に、二人はここぞとばかりによりを戻したりして？

だから気まずくてメッセージの返信も止まってるの？

せっかくわたしの中の恋心に気付いたのに、あっさり安芸くん取られちゃうのはやだな。

今はわたしが彼女なんだからそれって浮気《うわき》だよ。

でも、本当にわたしのいない間に浮気に踏み込んだっていうのなら、……小麦ちゃんすごい攻めてきたね？　いいね、それくらいしてくれないと。遠慮とかしなくていいんだよ。

わたし、小麦ちゃんと対等になりたいんだもん。

安芸くんに電話してみよっかな。ボロ出すかも。

あっ、やっぱそれはダメ。

だって、もし安芸くんが『加二《かに》と浮気してるんだ』って白状したとして、その場合、別れを告げられるのはわたしのほうなんじゃないの？

あんなに『元カノさん』のこと好きだったんだよ、安芸くん。

安芸くんはわたしを好きって言った。でもその言葉が本物かどうかは確信できない。

嘘だった場合、浮気なんか暴《あば》いたら、現時点で十中八九わたしの負け。

ていうか、馬鹿《ばか》正直に、ゴールデンウィーク明けに、やっぱり別れようとか言われるパターンすらある。

じゃあどうしよっか。

「……よーしっ！」

着替えて、竿《さお》を持って、一人、近くの海岸に釣りに来た。

腕を掲げて俯瞰で自撮りする。

キャップにショーパンにレギンス。

メッセージアプリのアイコンをタップ。

SAKURA《※まばゆい太陽に照らされる、釣りファッションの激レアで可愛い可愛い大天使桜子ちゃんの画像※》

SAKURA《安芸くん忙しいとこごめんね。今度は安芸くんと一緒にしたいな♡》

SAKURA《彼氏と釣りデートって憧《あこが》れてたんだ♪》

SAKURA《※真《ま》っ赤《か》になって照れるダイオウグソクムシのスタンプ※》

いかにも特別な相手へのメッセージ。

既読スルーも未読スルーも気にしてませんって素振りで、あっけらかんと。

安芸くんに――じゃなくて、クラスのグループチャットに、うっ、か、かり投下。

スマホをポケットにしまって、代わりに竿を垂らす。

どっちもすぐに反応が来る。

うるさいくらいにピロンピロン鳴ってるスマホと、ぐいぐい引っ張られる竿。

入れ食いですなー。思いっきりリールを巻いてなんなく獲物をゲット。

いい、いい、いい、
誤爆しちゃったわたしは釣りに夢中ってことで画面を見ない。

けど、わたしと安芸くんがつきあってるってちょっとしたニュースを知ったクラスメイトの子が、驚いたり冷やかしたりのメッセージを送ってきていることはわかる。

これだけ大々的に周知しちゃえば、簡単に別れを切りだせないよね、安芸くん？

大天使をポイ捨てしてその親友とつきあうなんて、周りの反応が怖すぎてできないもんね。

報道部なら世論の暴力性とか人間の可罰欲とかそういうの、よーくわかってるでしょ。


安芸くんと小麦ちゃんは今、浮気真っ最中かな。

実は潔白なんてこともあったりする？

まあ、だとしても、わたしは攻勢に出るけど。

安芸くんの本命をわたしにさせなきゃ勝てないんだから。

せめて、小麦ちゃんと同じくらいにはわたしを好きになってもらわなきゃ。

んー、でもなー、気になるなー。

やっぱ一昨日の部室で、なにがあったのかちゃんと見届ければよかったなあ。

あのあと、二人でなにをしたの？

2

キスをした。


部室で、玄《げん》に、キスをしてしまった。

自分の気持ちがあふれて止められなかった。

玄の首筋に鼻孔を押しあてて思いきり息を吸い込みたかった。

玄の皮膚に触れて体温を等しく分けあって溶けあいたかった。

玄を見つめて、声を聞いて、匂《にお》いを嗅《か》いで、触って、味わってみたかった。

体が熱い。血管が拡張していた。心臓の鼓動は信じられないほどに早かった。

玄に馬乗りになって、後頭部を床に押しつけて、唇に唇をぶつけて、まるで、正面衝突みたいなキスをした。

それだけなのに、神経を直接撫《な》でられたみたいに触れあってるところがびりびりして、痛いくらい気持ちよかった。

――もっと。もっと、もっと。

朦朧《もうろう》として、もうそれしか考えられなかった。

引き結ばれた唇を、舌の先でこじあけようとした。

何度も、何度も。

玄の矯正もしてないのに整った歯並びを日常的にずっと見てきた。赤い舌も。だけどもう見てるだけじゃ我慢できない。

息継ぎしようとしたのか、ほんのわずか開いた玄の唇の隙間《すきま》。

逃すわけがなかった。吐息ごと呑《の》みこんで、舌を差し込んだ。

玄の舌の先から付け根まで、全部、全部、全部、捕まえた。夢中で口内をかきまぜると、唾液が混じりあっていく。ぴちゅくちゅとはしたない音が響く。

初めてのキス。

玄だって、きっとそう。だったらこれから玄が誰《だれ》とキスしようとも私のキスと比べることになる。私の唇の感触が基準、私の舌の入れ方が基準、私の息継ぎが基準、私の甘噛《が》みが基準、私の動きが基準、私の味が基準、私のやり方が基準――。

得体のしれない疼《うず》きが体中を這《は》いまわる。

はあはあとみっともなく息が乱れる。

唇を離してしまった。

――もう一回。

そう思った瞬間、玄のスマホからメッセージアプリの電子音が鳴った。

我に返った私は、部室から飛び出して、涙を拭《ぬぐ》うのもそこそこに電車に飛び乗った。

静かな車内。だんだんと頭が冷えてくる。さっきのは白昼夢だったのかもなんて逃避しようにも、指に、唇に、舌に、玄の感触がありありと残っている。

急激に寒気がして、自分で自分を抱きしめた。

ああ——、取り返しのつかないことをしてしまった。

私は、桜子の信頼を裏切ったんだ。

あんなに無邪気に私を信じてくれていたのに。

なんて醜い。あさましくて、みだらで、結局、私は自分のことしか考えてなかった。

桜子に合わせる顔がない。玄だってこんな私をまた好きになってくれるわけがない。そもそも、玄は桜子が好きって言ってたのに。

吐き気がして、途中下車した。

駅のトイレ、垂れ下がってくる髪の毛が床に触れているのにもかまわず吐こうとするけど、胃からはなにも出てこない。どうして。気持ち悪い、気持ち悪いのに。

小学生の頃、学校で吐いてしまったことがある。トイレまで間に合わず廊下で。

私は可愛げがなくて、人と対立しがちで、だからここぞとばかりにクラスメイトにはやし立てられた。

カニカマ、きったねーな！

玄は違った。

『なにしてんだ！』

そう怒鳴りこんできてクラスメイトを散らして、私を保健室に連れていってくれた。

そのあと、スーパーリバースガールって小学生らしいストレートなあだ名がつけられそうになったときも。

『加二釜《かにかま》は加二釜だろ！　そんなにほかの呼び方したいなら加二だ！　加二釜のあだ名は今日から加二で決定！　可愛いだろ！』

ちょきちょきと両手でハサミを作って蟹のポーズをして、半ば強引にあだ名を浸透させてくれた。

「う、お、……うぇえ……」

幼なじみって最悪。

後悔してるのに、だから吐こうとしてるのに、どこまでも玄の思い出がつきまとう。

部屋に帰るとすぐに布団《ふとん》にもぐった。

私はよほど憔悴《しょうすい》していたようで、家族は私が体調を崩したと勘違いした。風邪を引いたときのような扱いを受けて、だからずっとベッドにいても、誰も不審に思っていない。

もうゴールデンウィークの二日目のお昼だ。

なにもする気が起きない。

四日間の連休の存在は不幸中の幸いだった。

スマホの電源も切った。

桜子からの連絡には気付いていないふりをした。

……玄からの膨大な量の着信とメッセージにも。一瞬視界に入ったポップアップの書き出しは『今、なにしてる？』と私の様子を伺う何気ないものだった。でもそのあとには私を責める言葉が続いているのかもしれない。

今はなにも見たくない。誰とも接触したくない。玄だって無視されてるんだから家にまでは来ないはず。

これでなにも考えずにいられる。

なのに目を閉じると私に裏切られて泣く桜子や、私を責め立てる玄の姿が浮かんでくる。苦しくて、涙が滲《にじ》んで、眠れたと思ったらうなされて起きる。

どうしよう。

抑えられなかった欲望のせいで、私は玄も桜子も失うんだ。

玄は桜子にキスのことを言うだろうか。

あれは気の迷いだったの、お願い、黙っていて。そうやって頼みこめばいい？

私と玄が桜子に黙っていれば、全部、なかったことになる。

そうすれば、私は桜子と友達でいられる？

でも、そんなのって――――。

トン、と。

遠慮がちなノックの音に思考が止まる。

「お母さん？　起きてるけどなに……」

上体を起こす。

ドアをゆっくり開けて無言で入ってきて、電気をつけたのはお母さんじゃなかった。

「……玄？」

「おー」

気まずげに視線をうろつかせながら、玄が答える。

「――――っ」

目の前の出来事を処理するのが遅れて、動揺するのも遅れた。

え？　え？　なに。ちょっと。や、やだ。なんで来たの？　どうしよう、つい下の名前で呼んじゃった。なのになにも突っこんでこないし。というか、一昨日のことがあったうえで私のところに来るってなに考えてるの？　私に無理やりキスされたのを忘れたの？

それに、部屋の空気もこもってるし、パジャマだし、ブラもつけてないし、目も腫《は》れてひどい顔だろうし、……ああ、なにより、この状況で見栄えのことなんか考えてる自分が心底嫌になる。

「玄くーん。ちょっとあたしら出るから、小麦のこと見ててね。小麦もちゃんと寝てなさいよー？」

お母さんが顔を出した。

「え、や、それは……！」

玄がなぜか焦《あせ》っている。

「親戚の子が今年入ってから赤ちゃん産んでね、そろそろお邪魔してもいい頃合《ころあ》いだからって訪ねる予定になってたのよ。小麦が寝込んじゃったからお父さん残して行こうかと思ってたんだけど、玄くん来てくれたから任せちゃうね。頼りになるぅ！」

「あのっ、俺《おれ》すぐ帰りますし！」

「なんかあったら遠慮なく連絡してね、じゃあ、よろしくねー！」

「ちょっ……！」

玄がすがるようにお母さんに手を伸ばしたけど、お母さんは有無を言わさず出ていってしまった。

玄がなにをしに来たのかは知らないけど、その慌てっぷりからひとつだけ確信した。

家族がいるって保険があるから、玄は安心してたんだ。

　さすがに家族の前で一昨日みたいに私が暴走するわけないって思ってたんだろうに、みんな出て行っちゃったから警戒してる、多分。

「その、具合、悪いのか？」

　玄は普段通りの会話をしようとしているみたいだけど、さり気なく私のベッドから離れたところに座った。

「ちょっとね」

　物理的にも、多分心理的にも距離を取られているのがショックで、でもそうなるようなことをしでかしたのは自分なんだ。

　やっぱり、一昨日のことは、なかったことにしたほうがいい。

　そうしたら、今までと同じ。

「安芸、一昨日はごめんなさいね」

「……あー、いや、その話をしに来たんだよ」

「気にしないで。あの、なんていうか、ちょうどあのとき魔が差したっていうか、全然、二人の邪魔をしようとかそういうのじゃないし、ちょっと早い五月病なのかしらね、メンタルが弱ってたのかもしれないし、それで自分が自分じゃなかったっていうか」

「加二……」

　ぺらぺら喋《しゃべ》る私に、心配そうに玄が呼んでくるけど無視をして続けた。一昨日はどうしてだか小麦って呼んでくれたのに、とか余計なことを考えそうになる。なにもなかったことにしなきゃいけないのに。

「春って何気に季節性のそういうの多いわよね、花粉症とか。花粉症って一回なっちゃうともう戻れないとか聞くけど大変そうよね、毎年毎年。あのだから全部春のせいっていうかほんとっ、う、に、申し訳っ、ないんだけど、一昨日のこと、全部、忘れて、く、れる……？」

せっかく明るく振る舞えてたのに、自分でも驚くくらい急激に崩壊した。涙が込みあげてきて、喉《のど》が引きつれて、まともに喋れなくなってしまった。

引き寄せた布団で顔を隠す。

わかってる。なかったことになんかならない。

だって、私の玄への気持ちはどうすればいいの。

蜘蛛《くも》の糸のように払っても払っても粘り絡《から》みついてくるこの気持ちを。

本人にも知られてしまって、我慢して我慢して我慢して、それじゃあまたどこかで耐え切れなくなって、同じことを何度も繰り返すだけ。

なにもかも簡単になかったことにできるなら、最初からこんな事態にはならない。

「うっ……、う……、やだぁ、無理ぃ……」

「加二」

戸惑った声色《こわいろ》で、それでも玄が近づいてくる気配がした。多分、ベッドのかたわらに膝《ひざ》立ちになった。ばか。なんなの。ずっと警戒してなさいよ。小さな子にするみたいに背中なんか撫でないで。変に優しさを見せないでよ。

あんたが困るってわかってるのに、言わずにいられなくなる。

「……玄のことが、好きなの」

抗議しようとして顔を上げて、玄と目が合って、唇が視界に入って、ああ、キスをしたんだな、なんて思ったら、気付いたときには言葉がこぼれていた。

玄の眉根《まゆね》が寄る。痛みに耐えるような顔をして、玄はしばらくの間、黙り込んでしまった。

「……一昨日、聞いた。先に好きだったって言ってた、よな。……それは、なんだ、その、鳩尾さんより先にってことか？」

「別れてからも、ずっと」

私の言葉を聞いた途端、玄の瞳《ひとみ》の奥が揺れた。玄は慌てて顔を伏せて、細く長く息をつく。

「……じゃあなんで」

どこか詰問するような調子で玄はうつむいたまま言う。

「なんで、俺に鳩尾さんを紹介したんだよ」

「そうしたら、私は玄のこと諦《あきら》められると思ったの。玄に彼女ができればこの気持ちは消せるって」

「どういう理屈だ……」

「玄が私のことを好きだった時期があるなんて知らなかったんだもん」

「え？」

　玄は顔を上げた。

「聞いたの、桜子から。玄には『元カノ』がいて、玄は『元カノ』のことがすごく好きだったんだって。それって私のことでしょ」

「あ……」

　みるみるうちに玄の顔が青くなっていく。

「ごめんなさい、口止めしてたのよね。桜子、うっかり言っちゃったみたいで慌ててたわ。責めないであげて。私、なにも聞いてないことにするから」

「いや、なに、を、どこまで……聞いたんだよ」

「詳しいことは全然聞いてないわ。こっちが聞きたいのよ。ねえ、いつ？　いつ私のことが好きだったの？」

　玄の表情は強張っている。

「……中三の最初のほう、だな」

　長い時間を置いたあと、ぼそりと玄が言う。

「別れて、しばらくして、自分の気持ちに、気が付いて……。あー、塾とか忙しくなって、そういう気持ちはいつの間にかなくなってたけど」

「じゃあ、一年半前に告白してたら、私と玄がつきあってた？」

玄が両手を拳《こぶし》にして固く握った。少し震えている。そんなに気に障《さわ》る質問だった？

「今さらそんなこと言ってどうするんだよ」

掠《かす》れた声で事実を突きつけられる。

すべて過去の話。私が身を引こうが引くまいが関係ない、今の玄が好きなのは桜子だ。

ああ、もう、どうせ報われないのに、私の恋心はどうして消えてくれないの。

どうすれば消せる？

餓えているから余計に欲しくなるの？

「鳩尾さんが旅行に行ってるってお前にも連絡来てるだろ？　連休終わって帰ってくるまでに、お前と話をしようって、だから俺はここに」

「――桜子、今、いないの？」

「え、連絡来てないのか？　じゃねえや、お前スマホ見てないんだな？　俺にも返信ないし、だからなにかあったんじゃないかって――」

休みの間、桜子が、いない。

その言葉が心をとらえた。

頭の中で、なにかが弾けたような感覚があった。

これは、チャンスだ。

私の恋心を満たすための絶好の機会。

「……小麦？　聞いてるか？」

「心残りがあるの」

「え？」

「つきあってたとき、恋人らしいこと全然できなかった」

「……うん」

「やりたかったこと、全部したい。そうしたら気が済むから。きっと満足するから。絶対玄のこと諦める。だから、玄、お願い」

私は玄を正面から見つめた。私の気持ちが全部、届くように。

私は臆病《おくびょう》で、ずるい。玄を選んでも手に入らないなら、私にはなにも残らなくなる。だったら桜子との関係を破綻させたくない。

——もしも、玄が今でも私のことが好きなら、なりふりかまわなかったかもしれない。

けれど、現実は違うから、そんなこと考えても無駄。

だから、せめて、休みの残りの時間は私に全部与えてほしい。

なんだか桜子がいないところにつけこもうとしてるみたい？　いいえ、そんなことない。ないはず。……ないわよね？　だって、私には望みがないんだから。これは私の心をどう整理するかの問題であって、玄を奪おうっていうんじゃない。

それでも桜子は傷つくだろうか。自分の知らないところで私が色目を使ったって思うだろうか。桜子を悲しませたくないならこんなことは言うべきじゃない、のかもしれない、けど。

今しかなくて、これが最後で、絶対に引きずることも、表に出すこともしないから。

……だから。

「三日間だけ、私の彼氏になって」

3

なんでそうなった。

俺はまだ、一昨日のキスも、お前の気持ちも、自分の想《おも》いも、なにひとつ咀嚼《そしゃく》できていないのに。

ここに来るのだって悩んで悩んで悩みつくしたんだ。メッセージは未読スルー。電話もフル無視《シカト》。普段なら心配になって家に寄るのは自然な流れだ。だけど、濃厚なキスをしてきた元カノの家と考えると軽率な真似はできない。

「――――は？」

まるで俺がなにか期待してるみたいじゃないか？　そんなつもりはない。俺には鳩尾さんがいるんだから。小麦にはなにも求めていない。本当だ。

第一、連絡が取れない、それ自体が小麦からの意思表示だろう。会いたくない、と。

だけど、このままで、連休明け、どうするつもりなんだよ。

鳩尾さんに対してどんな顔をすればいい。

だから小麦と話をしなければいけないと思った。どうしてこんなことになったのか、これからどうするのか。だが下手に動いて鳩尾さんになにか勘付かれたらたまらない。鳩尾さんの心に影を落とすようなことはしたくないんだ。

そんな中、鳩尾さんからメッセージが届いた。旅行で連休中ずっと遠方にいる、と。

だったら、その間に小麦とのことにけじめをつけるのが最良に思えた。鳩尾さんを巻き込まず、なにも気付かせず、鳩尾さんが帰って来るまでに、すべての問題を解決しておく。それが鳩尾さんのために、俺ができること。

とはいえ、それでも、なかなか踏ん切りがつかなかった。

自室で俺が悩んでうなってるもんだから柴田《しばた》が心配そうに寄り添ってきたよ。いや、本当はただオヤツが欲しかっただけかもしれないけど。モーガンの公準。俺が勝手に柴田の心をこうあってほしいと決めつけてるだけ。そういうのって動物相手だけじゃなくて、多分、人間相手だってそうだ。

相手がなにを考えているのかなんて、最大限その人に寄り添って考えたとしても、想像でしかない。向き合って、問いかけて、相手に直接確かめなければ、どこまでいっても真実に辿《たど》りつけやしない。

……じゃあ、やっぱり、お前とちゃんと話さなきゃ。

よくよく考えれば、小麦の家族もいるから性的な展開にはなりようがない。だから文字通り小麦のホームに乗りこんできた。……けど、なんだそのとんちきな願い？　三日間だけ彼氏？　なに一人で覚悟を決めた顔をしてるんだ。

俺は――小麦が俺のことを好きだなんて、知りたくなかった。

幸いにも、俺の『元カノ』への未練の時期までは伝わっていないようで、俺はとっさに言い繕った。中三で恋心は自然消滅したのだと。大嘘だ。

俺だってずっと好きだった。

最低だけど、俺は、お前を忘れるために鳩尾さんとつきあったんだよ。

今だって、一生懸命、ふっきれたそぶりをしているだけなんだ。

でもそんなことを言えるわけがない。

くそ、こんなことなら本当にいっそなにも知らないままでいたかった。

俺は鳩尾さんの彼氏なんだ。今になって心を乱さないでほしい。

仮に小麦と想いが通じ合って、鳩尾さんとの別れを選択するとしたら、俺は鳩尾さんにこう言うのか?

『元カノ』と想いあっていたことがわかったから、きみはもう用無しなんだ、って。しかも実は『元カノ』ってきみの親友の小麦なんだけどね、って。

ありえないだろ。

鳩尾さんはなにも悪くないのに、そんな酷い目に遭わせたくない。

小麦に完膚なきまでに振られて、わたしの一割は安芸くんのもの、と優しく抱きしめてくれた鳩尾さんにどういう仕打ちだ。

であるならば俺がすべきなのは、小麦が俺を諦めるのに協力することだ。……お互いに好きなのに? しかもそのためにもう一度、期間限定で恋人同士になる?

倒錯している。

じゃあ小麦にこう言うのか?

鳩尾さんと別れられないけど俺のことを好きなままでいてほしい、って。

……ありえないだろ。

じゃあ俺は、どうしたいんだ?

誰も傷つかずに丸く収まることなんてもうない。

「図々しいのはわかってる。でも、これで、桜子が戻ってきたら、全部、ちゃんと元通りになれるから。……ちゃんとわきまえてるから大丈夫。玄がもう今は私を好きじゃないって」

「違う」

「え？」

「俺は……」

わきまえるとか、どこか卑屈な小麦の物言いが癇《かん》に障《さわ》る。いらついて、鬱積した感情をぶちまけそうになる。

俺は、今でも、お前が――――。

しかし、それ以上続けることができなかった。

ピロン、と。

俺のスマホからメッセージの受信音がしたことで、意識がそれたからだ。

受信音は次から次へと続き、一向に鳴りやまない。

なんなんだ、と俺は尻《しり》ポケットからスマホを取りだす。

「……あ」

「どうしたの？」

クラスのグループチャットがお祭り騒ぎになっていた。

《安芸くんと鳩尾さんつきあってんの⁉》《え、やっぱ報道部に弱み握られてたの？鳩尾さん》《えっぐ》《いやこれは普通にラブでしょ》《さくらてゃ鬼可愛いー》《1000000000000000000回保存した》《えええええ、俺の鳩尾さんが》《お前のじゃねー》《お前のじゃねえよ》《※号泣する猫のスタンプ×8パターン※》《スタ連うざいなー!》《チート級に可愛いクラスの大天使に彼氏がいた件》《なんでラノベ風?》《教室で二人があんま喋ってなかったの逆に生々しいんだが!》

画面をスクロールしてみると、鳩尾さんが俺宛ての用件を誤爆したことに端を発していた。

クラスの全員が、俺と鳩尾さんがつきあっていると認識するメッセージと画像。

無垢《むく》な表情を浮かべる鳩尾さんの画像を見て、俺は、我に返った。

忘れたのか?

この子を傷つけないと決めたことを。

「……学校に行ったら、二人、みんなに冷やかされちゃうでしょうね」

小麦が俺のスマホを覗《のぞ》きこんだ。理解したらしい。俺と鳩尾さんの恋人関係が周知されたことを。――自分の心残りをどうにかするにはいよいよもって今この連休中しかないことを。

「お願い、玄。これは、私が桜子と友達でいるために必要なことなの」

小麦の懇願は鬼気迫るものがあった。

俺はもう、なにも言えなくなってしまった。

でも、それでいいんだ。元々なにも言うべきじゃなかった。

だって、俺は、鳩尾さんが好きだって、決めたんだから。

「わかった」

だから、俺は小麦の申し出を了承した。

「ほんとう？」

「ああ。しよう。恋人。休みの間、お前の気の済むまで。俺は、この三日間は、ちゃんと、お前のこと好きなふりをするから」

小麦を好きな気持ちは嘘だということにする。

絶対に小麦に俺の本心なんか知られてはならない。

嘘が嫌いな真実最高マンは一体どこに行ってしまったんだろう。

「うん。……ありがと」

小麦はどこかうつろな瞳で小さく微笑む。

「私、この三日間で、絶対に、玄のこと諦めるからね」

こうして。

俺と小麦の三日間の恋人ごっこが始まった。

4

「……あの、ちょっと、お風呂《ふろ》入ってきていい？」

「はあっ⁉」

小麦がおずおずと切りだしてきた言葉に、俺は思いっきり取り乱した。

三日間の恋人ごっこがついさっき始まったが、ひとまず今日は小麦の家族が帰ってくるまで一緒に留守番をしていなければならず、つまり何時間か一軒家に二人きりで、小麦は恋人らしいことをしたがっていて、それは……。

「ば、ばかっ。そういう意味じゃなくて、ずっと寝てたし、顔とか、髪とか、ぐちゃぐちゃで恥ずかしいから……」

「お、おう」

なにを想像したのか察せられてしまった。小麦が顔を赤らめているが、むしろこっちが恥ずかしい。

部屋に居座るのが気まずくて、俺はリビングに移動した。

しばらくして、小麦が風呂から上がってきた。

乾かしただけで少しふわふわした髪の毛、上気した肌、なにより小麦のチョイスとは思えないフェミニンな部屋着。可愛いけど、もこもこの短パンにハイソックスってどうしたお前。うちの姉ちゃんなら『冷えるわこんなもん！　末端冷え症舐《な》めんな！』とか言って、つきあいての彼氏が家に来る特別なときにしか着ないような、って、……ああ。

つまりこの格好は俺のためなのか？

「これ、すごく前に桜子と勢いでおそろいで買っちゃって、らしくないかなってずっと着てなかったんだけど、あの、変よね、やっぱり。私なんかじゃなくて、桜子のほうを見たいわよね。き、着替えてくる」

俺が無言でじっと見ていたからか、小麦が言い訳を並べて、部屋に戻ろうとする。とっさに腕をつかんで引き止める。

「お」

「……玄？」

「パイル地って触り心地いいよな」

とか言って気を散らしていないと、小麦の華奢《きゃしゃ》さに妙な気分になりそうだ。ボディソープなのかシャンプーなのか桃みたいないい匂いがするし。

「そ、そう？　そうかもね、バスタオルとかもそうだし、もこもこっていうかふわふわっていうか着心地もよくて」

「誰かと比べてどうとかじゃなくて、お前に似合ってるし、可愛い、と思う。俺は。あー、その、着替えなくていいんじゃねえかな」

照れくさくてだんだん声が小さくなっていってしまった。

水族館に三人で行ったとき、小麦の服装を褒めたことはあったけど、ちゃんと自分の意思で可愛いと伝えたのは初めてだ。

ぽかんとしていた小麦は、笑おうとしたのかなんなのか、唇を曲げた。

「……『彼女』って、すごいのね」

小麦は、俺の褒め言葉を、彼女という役割ゆえの特権だと思っているらしい。

本音なのに。

伝わらないもどかしさに、奥歯を噛みしめる。本当に伝わってしまったら困ることはわかっているくせに。

「ね、お昼食べてきたの？」

「食ってない」

「玄、お腹《なか》空いてる？」

「おー……ん」

「なあに、その返事」

腹の空き具合にすら気が回らず、適当に返事をしてしまった。自分のことなのにわからないことばかりだ。

小麦がふふ、と、小さく吹きだす。

空いてる、と伝えると、小麦は冷蔵庫の残り物で手早くチャーハンを作ってくれた。

「うまいな」

ぽろりとこぼした感想に、小麦はくすくすと笑いだす。

「なんだよ」

「小学生のとき、私が初めてここでチャーハンを作ったときは、玄、『おいしくないな！』って言ったでしょ」

「そうだっけか、……いや、すげえ俺っぽいけど」

「そのときのは、キャベツがべちゃべちゃになって、水っぽさをごまかそうと味つけを濃くしすぎてて、玄の評価は正しかったんだけどね」

だとしても我ながらデリカシー皆無だな。

「でも、玄は、全部食べてくれたの。うれしかった」

「そうか……」

小麦が本当にうれしそうで、俺はうまく相槌《あいづち》を打てなかった。

だって、こんな話、にせの恋人として聞きたくなかった。本当につきあっていれば、お前俺への評価なんか甘くない？　とか照れ笑いのひとつもできたろうが、今は俺がなにを言っても小麦にとってはリップサービス。……なんか、むなしいよな。

ごちそうさまをして、片付けは俺が、と、流しで洗い物をする。

わざわざ俺の隣に立って小麦は楽しそうにしていた。

「……なんだよ」

「思い出しちゃって。玄ってば、茶渋ってお塩で洗うと取れるのよって教えたとき、『それ、うちのばあちゃんも言ってた！　加二、ばあちゃんみたいだな！』って言ったのよ、覚えてる？」

「それはなんか微妙に覚えてる。悪口のつもりじゃなくて」

「わかってる。『俺、うちのばあちゃんのことすげえ好きなんだよな！』って直後に言ってたから。私、ちょっとドキドキしちゃったんだわ。玄が好きって言ってるのおばあちゃんなのにね」

穏やかに流れる時間。

恋人としてやりたかったこと、という小麦の言葉に身構えていたが（なんせ一昨日キスをされたのだ）、小麦のしたいことはこんな取るに足らない日常だったらしい。

今思えば、つきあっていたときのほうが、もうちょっと求めてなかったか……？

ああ、中二のとき、俺の部屋に来た小麦が、ガチガチに緊張してたっぽいことがあった。

『……冷房の効きが悪いわ』

「そっか？　暑がりすぎだろ。普通に涼しい』

『もっと下げて』

あれは世間一般でイメージされる恋人同士みたいにくっつきたかった小麦の苦肉の策だったのかもしれない。

でも俺はアホだったので、いつのまにこんな暑がりになったんだ小麦？　と思っていた。

『こここれは寒くて立ってるわけじゃないから！』

鳥肌の小麦の言い分を鵜《う》呑《の》みにして、自分だけ毛布出してた。

改めて思い返すまでもなく、俺はアホで、鈍くて、小麦になにもしてやれてなかった。

だからこそ、小麦の欲がささやかなものになっているわけで、健気《けなげ》さに俺は少し胸が苦しくなった。

「……小麦」

思わず、以前つきあっていたときのように下の名前で呼んだ。さっきから俺もそうされてるしな。

小麦は驚いたのか、少し目を見開いて、そのあとで、照れくさそうに、「うん、なあに」と、返事をした。

「呼んだだけ」

「もう、なによそれ」

怒っているのは口先だけで、小麦は喜んでいる。

こういう未来がありえたのか、と思う。

もし、ほんの少しタイミングがずれてさえいれば。俺か小麦が自分の気持ちを口に出してさえいれば。友人としての立場まで失うのをおそれさえしなければ。臆病でさえなければ。

……かさぶたを引っぺがすような考えは捨てろ。治りかけた傷から血を出してどうする。

仮定に意味はないんだ。過去は変えられない。環境も、人間も、いつまでも変わらずにいられるわけがないのに、停滞を望んだせいでこうなったのだ。

夜、鳩尾さんからメッセージが届いた。
SAKURA《安芸くん、ごめんなさい！》
SAKURA《間違えてクラスのほうにメッセージ送っちゃって》
SAKURA《迷惑かけちゃってごめん……》
SAKURA《怒ってるよね？　ホントにごめんなさい》
鳩尾さんはずっと普通に連絡をくれている。
連休に入る前、部室で小麦に押し倒される直前、遠ざかっていく足音を聞いていたが、あれは鳩尾さんではなかったということだろう。
であるならば、彼女に余計なことはなにも知らせないまま、すべてを元通りにすることができるはずだ。

俺は小麦にキスをされてから、うしろめたくて鳩尾さんに返事できずにいた。だが、文字だけ見ても萎《しお》れている鳩尾さんをこれ以上ほうっておくのは苦しい。
アゲ《怒ってないよ。謝らないで。》
アゲ《むしろ、ちょっと忙しくて、連絡できてなくて、ごめん。》
アゲ《俺はなにがあっても鳩尾さんだけが好きだから、そのことは忘れないでほしい。》
送ってから思う。
まるで最後の一文は自分に必死に言い聞かせているみたいだな、と。
いいや、気のせいだ。なんにせよ、すでに状況は動いているのだから、俺もまたこの三日で未練を断ち切るべきなのだ。
大丈夫。
連休明けには、すべてがよくなる。

5

連休三日目。玄と偽りの恋人になってからは二日目。
私は桜子に《具合が悪くて寝込んでるの、ごめんね》というメッセージを送っている。もう回復してるのに。

まるで雑なアリバイ工作。

でもこれは決して浮気じゃない。

絶対に違う。そう、違うの。

だって、私は桜子のためにこうしてるんだから。桜子と友達でい続けるために、玄とかりそめの恋人同士になっているんだから。

そうして、私は今、アルバイトを終えて急いで着替えているところだった。

——なんでシフトを入れちゃったんだろう、一緒にいられる時間が短くなっちゃう。

昨日ついこぼした言葉に、玄は笑ってこう提案してきてくれた。

「サボろうとかほかの人に頼もうとかって選択肢が出てこないの、小麦っぽいな。……あー、迎えに行くから、そのままどっか行くか?」

デート!

私は一も二もなくうなずいていた。

「お待たせ」

「おー」

スタッフ用の通用口から小走りで出ると、本当に玄が私を待っていて、少しにやけそうになった。

「なんだよ」

「え？」

「今日も可愛い格好して。あ、いや、格好だけじゃなくて、可愛い、けど」

しかも、私の服装をまた褒めてくれる。体に沿ったニットと、丈の長いプリーツスカート。私が普段好むものとは全然違うキレイめなコーデ。もし玄と二人で出かけられたらって去年うっかり買っちゃったものの、全然出番がなかった服。

こうして見てもらって、感想もくれて、なんだか夢を見てるみたい。

「あらー、加二釜さん、なあに、もしかして彼氏さん？」

「……はいっ。この人、私の彼氏なんです」

入れ違いに出勤してきたパートのおばさんに声をかけられた。私は少し迷ったけど、肯定した。微笑ましげな視線を感じつつ、建物から離れる。

追いかけてくる玄の顔を見るのがちょっと怖かった。浮かれて調子に乗りすぎたかも。露骨に嫌がられていたら立ち直れない。

「ごめんなさい」

「なにが」

「一回だけでいいから、誰かに言ってみたかったの。玄が私の彼氏だって」

ぼそぼそと言い訳を口にしても反応がない。おそるおそる玄のほうを盗み見る。

玄はぽかんとしていた。どういう感情よ。

「……嫌だった、わよね？」

「あー、嫌とかじゃなくて、……お前にも独占欲？　みたいなものがあるんだなってちょっとびっくりした」

そりゃあ驚くでしょうね。今まで一生懸命ひた隠しにして、我慢してたんだもの。

「……当たり前でしょ」

「そう、か」

本当は桜子に嫉妬《しっと》してた。あんたが思ってるよりも私はずっと粘着質で、さもしいの。だめ。やめよう。デートの最中に暗い気分になるなんてもったいない。

「ね、早く行きましょ。映画、見るんでしょ」

「あ、おい」

明るく言って、玄の手を取った。


「……犬が死ぬならマジで先に言っといて……」

「ごめんなさい、前評判とか見てなかったのよ」

映画館でポップコーンを分け合って、上映中、ひじかけの上の手に手をひっそりと重ねて、一瞬ぴくりと驚いたような反応が返ってきて、でも振り払われなくて、どきどきしてたはずなのに、途中から玄の様子がおかしくなった。

玄は映画が終わっても大号泣していて、座席から立ち上がれない。

「人が死ぬ映画より泣くわよね……」

苦笑してみせたけど、私は玄のこういうところも好きだった。

多分、涙を見せるのを恥だとか格好悪いだとか思っていないところ。

私が素直に感情を表現できないから余計に好ましく思うのかも。

嘘をつくのが嫌いな玄らしくって。

……その玄が、私のむちゃなお願いにつきあってくれている。

私を好きだと嘘をついてまで。

もちろん、私のためっていうより桜子のためでしょうけど。それでも私を慮《おもんぱか》ってくれた玄の気持ちをないがしろにできない。

私は宣言通り、ひとつひとつ玄のことをちゃんと諦めていかなきゃ。

玄の名前を呼ぶことも、玄と二人きりでいることも、玄に触れることも、なにもかも。

◇◆◇

俺から小麦をデートに誘ったのは、初めてかもしれない。

……いや、どこかへ行こうって言っただけで、映画になったのはほとんど小麦主導だったけど。つきあっていたとき、俺は全部受け身だった。

だから三日間の恋人同士である今くらいは積極的になるべきだと思った。しかも、今の俺は小麦のことを好きだって声に出してもいい立場ときている。——まあ、小麦にはそれがリップサービスだと解釈されてしまうんだけど。

信じてもらえないって、ストレスだ。

なにより、やっぱり、鳩尾さんのことが頭の片隅にある。みんなで仲良くしようね、と彼女はよく言っていた。なのに彼氏である俺と親友である小麦にそろって裏切られるような真似《まね》をされたらどう思うだろう。この先他人すべてを疑わなければいけなくなる。

たったひとつの出来事が、一生後を引くことだってある。

だから少しでも気を抜くと、なにも知らない鳩尾さんの目を盗んで小麦と過ごしている罪悪感が重くのしかかってくる。それを表に出したら、小麦に心残りができるかもしれないから、普段通りにしているつもりだが……。

なにより不思議なことに、仮とはいえ恋人になっているのに、俺は小麦に対してのぼせ上がっていない。困惑が勝っている。

俺に罪の意識があるからか。あるいはしょせん偽物《にせもの》の関係だからか。

はたまた小麦に対してどこか違和感があるからか。

中の人が変わったのか？　というくらいはしゃぐ小麦に。

……なんにせよ、俺が中途半端《ちゅうとはんぱ》なことだけは確かだ。

小麦といるときに鳩尾さんのことを、鳩尾さんといるときに小麦のことを考える不毛な真似はやめたいのに。

◇◆◇

玄と偽りの恋人になって、三日目。

「制服を着て来てくれる？」

「えーと、制服でデートをしたいってことか？」

「それもしたい……、あ、けど、そうじゃなくて、私、部室に行きたいの」

「なんで？」

「ちょっと、ね」

ごまかしつつ、学校までの道中で雑貨のお店に寄った。

木製のシンプルなフォトフレームを買う。

玄は店内にいたほかのお客さんに、「あの、カーディガンの首のとこ、値札つけっぱですよ」とか話しかけて、相手をうろたえさせていた。

「玄、そういうところあんまり変わってないのね」

「なんだよ」

「昔、『スカートに巻き込んじゃって下着見えてますよ』とか躊躇なく見知らぬ人に言ってたことあったもの」

「なんだよそのデリカシーねえクソ野郎は」

「否定できる要素がどこにもないわね」

「辛辣《しんらつ》」

恋人同士の、――というよりは幼なじみの気の置けない会話をしていたら学校に着いた。

普段、休みの日になんて来ないから人の気配のしない校舎は新鮮。

「静かだな」

「そうね、運動部とかいるのかと思ったけど――、あっ、別に誰かに二人でいるところを目撃されたかったわけじゃないから。本当に部室に用があるだけで」

「別に見られても報道部の活動かなって思われるくらいだろ？」

「……そうね」

桜子とつきあってることが公になってる玄が、女子と歩いていたら変な噂《うわさ》が立つんじゃないか――なんて焦って余計な気を回してしまった。

玄は私と二人でいても恋人同士に見られるかもって心配もしないんだ。

今のこの関係が嘘だって思い知らされるみたいで苦しい。前に進むためにしてることで、新たにわだかまりを作ってどうするの。楽しくしなきゃ。楽しく。……でも、しなきゃいけないって義務的に考えるのは本末転倒なのかも。

「……そういえば、玄、いつだったか、花屋さんにいたお客さんに『百合は猫にとって猛毒ですから、その花束《はなたば》贈る相手が猫飼ってるならやめたほうがいいですよ』って言ってたでしょ」

「お？　あったな」

「あれ、すごいなって思った」

「俺もファインプレーだったなって」

「ふふ、自画自賛」

「するだろ、あれは。『猫草みたいに実用的なほうが喜んでくれるのかなー』とか言って花選んでたんだぞ。俺じゃなくても一声かけようって思うだろさすがに」

「そうかしら。……あんたのそういうところって、たまにいい方向に転がるけど、基本的にそばにいてはらはらするし、なにしてんのって腹立たしいこともあったし、もうちょっと考えてから動きなさいよって責めたかったし、いえ、過去形じゃなくて今でもそれは思うけど」

「すげえディスってくるじゃん……」

部室に入る。ドアを閉める。

「でも、それでもね、そういうまっすぐで融通利かないところも、好きだったの」

間髪を入れない告白。

玄はぎくりと固まっていた。

二人きりの空間。

……密室。

今さら、ここが事件現場だって思い出したのかもしれない。

「なにびくびくしてるの」

「いや……」

「またキスされるかもって思った？」

自分で蒸し返してしまった。

警戒されるのも嫌だったけど、警戒されないほうが嫌だって気づいた。

油断されすぎると、私の恋心を見くびられているように感じる。

偽物だけど恋人同士だから、今は、私を意識してほしい。

「しないわ。私からは。……玄から、して」

思い残しをしない。その目的が、大胆なことを——いいえ、迷惑なことを口にするハードルを下げる。

玄は困っている。

それでも、私にずっと好かれているほうが害があると思ったのか、覚悟を決めたみたい。

私の両肩を玄がつかむ。少し痛い。本当は彼女じゃない私へのキスのせいで——本当の彼女の桜子への罪悪感のせいで、変に力が入っているのかも。

顔が近づいてくる。玄の息が少し荒い。

もう少しなのに、いつまで経《た》っても玄は唇を重ねてくれない。

だから少し首を伸ばして、結局私からキスをした。

二度目のキス。

最後のキス。

「お、おま、俺からしろって……」

「遅かったんだもん」

驚いている玄に、拗ねたように言ってみせる。わざとらしく、あくまでポーズだと受け取ってもらえるように。

内心は心臓がばくばくだった。

こんな状況でまでしてもらえないって、みじめなことを受け入れるのが恐ろしかった。

「あのね、データが欲しいの」

何事もなかったかのように切り替えるふり。

元々ここに来たかった理由を告げる。

「え?」

「壁に貼《は》ってあったでしょ、写真。……私、破いちゃったけど。あれと同じデータ、ちょうだい。また、飾らなきゃ」

「あ、だから写真立て」

「そうよ。フォトフレームに入れて守ろうと思って買ったの。ほら、また私、破っちゃうかもしれないでしょ？」

冗談めかして言ったのに、全然笑えなかったみたい。玄はコメントに困ったのか唇を引き結んだ。

「私がコンビニかどこかでプリントアウトしてくるから」

「ここのプリンターで出せるぞ。つうか前もこれで印刷してるし」

「じゃあ、お願い。……でも、一旦《いったん》、写真、持ち帰っていい？」

「なんでだ？　今、置いていけばいいだろ」

「ちゃんと封印したいから」

「え？　……え、あ？」

私は玄に正面から抱きついた。

隙間を埋めるように、ぴたりと体をくっつける。額を玄の肩口にすりつける。

「もう、二度と変な気を起こさないように、この写真みたいに、三人でいるのが一番いいんだって、心からそう思って写真を入れたいから」

「……」

「だから、私の、玄のことが好きって気持ちをフォトフレームの中に全部、全部ね、封印するから、それは、一人だけで、自分の部屋でやるから……」

ただ写真をフォトフレームに入れるだけ。でもそれが私にとっては区切りをつける儀式。

「今日はまだ……、玄を好きでいていいのよね」

玄がぎくしゃくとうなずいた気配がした。

「好き。……大好き。玄。好きなの」

玄が私を振りほどかないのに甘えて、私はずっと同じ言葉を繰り返す。でも言うたびに執着を捨てていくよう努める。

好き。それがなんの意味も熱も持たないように。ただの平坦《へいたん》な言葉になるように。


家の近くまで戻って、交差点で玄と別れる。文字通り、お別れを、した。

「じゃあ、また明日ね、安芸」

「……ああ、明日な、加二」

私の意図を完璧《かんぺき》に汲んだ玄からの返事。

連休最終日、恋人ごっこは今日でおしまい。


家に帰って、玄に言った通り、フォトフレームに写真を入れる準備をする。

写真を裏返す。

ペンを手に取る。

私の気持ちは、ここに、置いておく。

「……ずっと、私のことを、好きでいてほしかった」

――――気持ちを、全部、書いていく。

「私は、ずっと、好きだったのに」

真っ白の面に、一言一句、きちんと、自分の手で。

「これからも……、って、これはだめね」

慌ててぐちゃぐちゃと文字を塗りつぶす。

未来のことを書く資格は私にない。

これで、区切り。

自分で書いた文字を閉じ込めて、それを自分の目に焼きつけることで、本当にもう終わりなんだって自覚させる。

写真をフォトフレームにセットする。

私の気持ちは裏板に隠れて、世界中の誰にも見えなくなる。

この写真は誰にも取りださせない。

まあ、三人の絆《きずな》の証《あかし》なんだから、この写真を粗雑に扱う人間なんていないでしょうけど。……いるとしたら破いた過去の私くらいのもので。
ふ、と自嘲《じちょう》が漏《も》れる。
玄も桜子も三人で仲良くしたがっているんだから、わざわざこれに触れるわけがない。
だから、これで、明日から、すべてが元通り。

……元通りよね？

6

連休が明けて、いつも通りの日常が戻ってきた、――と思いきや、ひとつ変わったことがあった。

小麦にモテ期がやってきたのだ。

「加二釜さんっ！」

「……なに」

「体育祭のペアダンス、オレと一緒に踊ってください！」

休み時間、廊下のど真ん中で、頭を深く下げ、小麦に向かってめいっぱい手を差し出す男子。

居合わせた生徒たちは、固唾《かたず》を呑んでなりゆきを見守っている。

「嫌」

しかし、小麦は、ばっさり断る。

ああ～、と落胆やら納得やらをない交ぜにした声が響く。

高嶺の花である小麦へのチャレンジムーブはクラス替え直後で終わったはず。

なぜ再びワンチャン狙いの有象無象が無限に湧《わ》いてきているのか、といえば。

……多分、原因はひとえに俺と鳩尾さんだ。

「もう今週入ってから何人目？　って感じだよね。ペアダンスの申し込みって、実質、おつきあいしてくださいっ！　ってことでしょ？」

放課後の部室で、鳩尾さんが言う。

うちの高校の体育祭には全競技のあとにペアダンスというものがある。

文字通り、二人一組で踊るだけ。

元々は完全自由参加のお遊びだったらしい。

だが、いつの頃からか参加資格はカップルのみだという不文律ができあがった。

だから鳩尾さんの言うように、告白も同然なのだ。

「大変だよねー？」

「去年はこんなことなかったのよ。むしろちょっと目を離したらダンスの申し込みをされてた桜子の記憶しかない……」

「わたし、今年はなんにも言われてないよ」

「そりゃそうでしょうよ」

「……え？　な、なんだよ」

小麦がちらりと部長席の俺を見るから、動揺してしまった。

「だって桜子には誰よりもかっこよくて、誰よりも大好きで、押して押してやっとつきあってもらった彼氏がいるんだものね？」

「もー、小麦ちゃんのいじわる」

鳩尾さんの顔がうっすら赤くなっている。

今の小麦の言葉は全部鳩尾さんの口から出たものだ。

連休明け、登校した途端にそりゃもうクラス中から冷やかされた。

特に男子の反応といったらない。大天使に手を出した俺はもはや大罪人の扱いだった。

罵詈雑言とまでは言わないが、不釣り合いとか部活の職権乱用だとかの軽いブーイングが飛んできた。

「桜子が安芸をかばって、自分のせいだから安芸くんを責めないでって言って、安芸のいいところを並び立てて。あれ、自分が安芸のどこが好きかっていう盛大なのろけだったわね」

「うー……。安芸くんも恥ずかしかったよね、ごめん」

「いやいや、ちょっと照れくさかったけど……」

鳩尾さんがクラスメイトの前で羅列した俺のいいところ。

先入観を持たないよう努めてるところ、押しつけられた部長でも頑張ってるところ、大変な作業量でも嫌な顔ひとつせずにするところ、紳士的なところ、眼鏡《めがね》がイカすところ、実はその下の目が綺麗《きれい》なところ、幼なじみを大事にしてるところ、笑顔がふにゃってしてるところ、食べ方が綺麗なところ、甘いものが好きなところ、食べたあとのアメ玉の袋をたたむ几帳面なところ——等々、照れくさいどころではなく俺は本気で赤面してしまったが。

人との対立が苦手な鳩尾さんが、俺のために、矢面《やおもて》に立ってくれた。

こんな女の子を大事にしなくてどうする。

それなのに、俺は連休中に小麦とデートして、キスして、……よくもまあなにもなかったふりをしてるよな。

だけど、なにかあった素振りを見せるほうが問題だ。バレて、謝って、懺悔して、自分だけスッキリして、そんなの最悪だろ。

「でもあのおかげで周りの目があたたかくなったし、なによりうれしかったしさ。まあ、だからこそ加二にダンスの申し込みが殺到してるんだろうけど……」

「え、どゆことー？」

俗な言い方をすれば、俺とつきあうことで、鳩尾さんのハードルは下がる。安芸なんかより俺にしないか？　と、鳩尾さんに言い寄る奴《やつ》が増えるはずだ。はずだった。

しかし、そこへ鳩尾さんののろけだ。

俺と鳩尾さんは安泰なカップルだと認識された。

割り込むにはなかなか体力を使いそうだ、と。

それで、そのしわ寄せが小麦に向かった。

安芸が大天使とカップルになれるのなら、タイプの違うもう一人の美人、高嶺の花が自分とカップルになる可能性もゼロではない！　……と。

そのまま言うとえげつないので、オブラートに厳重に包んで、二人に伝える。

「なんなのよ、その理屈」

「風が吹いて桶屋が儲《もう》かるよりは関連性がわかりやすくないか？」

「知らないわよ。いつまで続くの、これ」

「んんー、体育祭まで続いちゃうんじゃないかなあ。当日サプライズに懸《か》ける人もいそうだし」

ペアダンスは、リードする側、される側、振りつけが二種類ある。体育の授業でどちらもやるので、性別問わず生徒全員が両方踊れる。

だから当日飛び込みで、みんなが見ている前で告白して、オーケーされ、そのままダンスに突入！　……というドラマチックな展開もありえる。

「ペアダンスの当日サプライズ告白って、成功すればドーパミンドバドバの青春イベントだもんなあ……」

「主役っ！　って感じだよね」

「逆に失敗したときは、必要以上にダメージ負いそうだけどさ。サプライズ自体を嫌がる人って結構いるし、下手すると相手からすごく嫌われそうだな」

「ああー……、周りの目があるから断りにくくなっちゃうしねえ……」

「鳩尾さん、好きでもない相手からフラッシュモブで告白された経験ありそうだね」

「えっ、えっ、なんでわかったの⁉」

「なんかやけに実感こもってたから」

「あははー……」

つい最近のストーカー騒動も突然の告白という意味では似たようなもんだしな。そりゃ、乾いた笑いしか出ないだろう。

「安芸にも桜子にもサプライズなんて関係ないでしょ。彼氏彼女なんだから、普通に出ればいいじゃない、ペアダンス」

「あれ？　言ってなかったか。報道部は実況とか司会進行の仕事があるんだよ。閉会式まで放送席のマイクの前から離れられない」

「えっ、そうなの？」

報道部は複合的な役目を負っている。

体育祭においては写真部ではなく放送部的な役割がピックアップされるわけだ。体育祭くらいのイベントになると学校側はちゃんと撮影のプロを呼ぶしな。

「実況って難しそうだね？」

「全然、全然。うまいこと言おうとして滑り倒してる先輩とかもいたみたいだけど、そういう危ない橋を渡らなければ、テンプレもあるし大丈夫」

過去の報道部員にプロレス好きの人がいたようで、その人が『俺は試合をありのまま伝える

のが好きだ。邪魔になってはならん。選手より目立ってはならん。面白いこと言ったたったって
ドヤる実況は気にくわん！』と放送席の個性排除に動いたらしい。

「だから、大切なのは我を出さないことって前部長は言ってたなあ。主役じゃないからね。あくまで添え物。極度の目立ちたがり屋でない限り、やるべきことはそう難しくはないよ」

「そっかあ」

「この部活、学校絡みでやること多くてごめんね」

「ううん！　がんばろっ！」

ぐっと両手を握る鳩尾さん。

「あっ、でも、そうするとわたしはペアダンスに出られないんだね？」

「私が実況するから、二人で出れば？」

しゅんとする鳩尾さんに小麦が提案した。

「えっ、それってアリなの？」

「アリでしょ」

「いや」

俺は焦った。小麦がどこまでも平然としているせいで。

「実はさ、放送席には解説役と実況役って名目で二人座ることになってるんだよな」

「は？　ペアダンスとか特にコメントすることもないでしょ。むしろべらべら喋ってたら邪魔

るんだけど」

「そ、そりゃ伝統的に二人でやってるだけだから、仕事量で考えれば一人で足りるっちゃ足りるんだけど」

「じゃあ決まりね」

俺は小麦の顔をつい凝視する。視線は合わない。

「わーい！ ありがとー、小麦ちゃん！ よかったねー、安芸くん！ ——あれ、安芸くん？ あの、ダンス苦手？ 人前が嫌？ それとも、……わたしと出たくない？」

「え、全然、そんなわけない！ うれしいよ、鳩尾さんと踊れるなんて！」

俺がノーリアクションだったのは、小麦の気持ちに想いを馳《は》せてしまったからだ。

小麦は公言通り、連休が明けた途端、俺のことが好きだなんてまったく表に出さずに過ごしている。そのまま一週間、もしかしたらあの連休は夢だったんじゃないかと思ってしまうほどの徹底ぶり。

だからこそ逆に無理をしているんじゃないかと気がかりだ。

小麦のこの健気さを、俺は見て見ぬふりをすべきなんだろう。小麦の気持ちに応《こた》えられる立場にないんだから、半端《はんぱ》な気遣いは自己満足でしかない。

鳩尾さんとのペアダンスを最初から素直に喜べばよかった。

安芸くん乗り気じゃないのかも、とか鳩尾さんを不安にさせたくない。

なのに、小麦の負担をやっぱり無視できなくて、勝手に口が動く。

「あ、でもさ、ほら、加二だって、これだけ申し込まれまくってるんだし、ペアダンスに絶対に出ないとは限らないだろ？」

……しまった、今のは最悪だ。

お前、心変わりをすぐにするよな？　と言っているにも等しい。さっさと次の恋をするとい い、俺はなんとも思わないから、と。

案の定、小麦は一瞬、はっ、と苦しそうな息遣いをした。だけどすぐに立て直して、平然とした顔を作る。

「ないわ。絶対に出ない」

小麦はきっぱりと言う。

「申し込みしてくる相手も、私の態度を面白がってるだけでしょ」

「えー！　それはないよ！　そんなさ、受け入れてくれないからむきになってるとかじゃなくて、小麦ちゃんに好意があるのはホントだと思う！」

「だとしても、私が相手を好きじゃなかったら、意味がないでしょ。……もういいわ、こういう話好きじゃないんだったら」

俺への当てつけのようだと思ったから、話題を打ち切ったんだろうか。

小麦の態度は以前と変わらないのに、いちいち深読みしてしまう。

「そもそも、なんでもう体育祭のことなのよ、みんな。その前にまずテストがあるでしょ」

「うっ、小麦ちゃん嫌なことを……！」

「桜子、成績優秀じゃないの」

「噂には聞いてたけど、やっぱそうなんだ？　鳩尾さん」

「学年トップクラスよ」

「えー、そんなそんなー。空欄を埋めてったらたまたま合ってるとこが多かっただけだよ……って、ごめん、謙遜《けんそん》しようとして逆に不遜なこと言ってるね、これ⁉」

「不遜ってなによ。本当に成績いいんだし、ただの事実じゃないの」

多分この中なら小麦が一番テストで苦しむタイプだ。

別に赤点を取るとかそこまでではないけど、ノートを綺麗に作ることに苦心して、肝心の内容がいまいち頭に入っていないタイプ。

案外要領が悪いんだよな。

小麦のそういう性格をわかっているのに、俺はなんで、三日間の恋人ごっこを受け入れてしまったんだろう。そうだよ、簡単に切り替えられるわけがない。

今、内心は苦痛に満ちてるだろうに。

でも、そうしなかったらなにもかも崩壊していたんだろう。

今、無邪気に小麦と話している鳩尾さんの笑顔。これが歪《ゆが》むのを俺は見たくないし、小麦だってきっとそうだ。

　だからよかったんだ、と割り切れよ俺。余計なこと考えんな。

「そだ！　勉強会しようよっ！」

　鳩尾さんの明るい声に、はっとする。

「ゴールデンウィークの前にさ、うちの犬たちを見に来てって話、うやむやになっちゃってたし。うちに来てよ！」

　にこにこしながら、鳩尾さんが俺と小麦を交互に見る。

「勉強会って効率悪くなるだけでしょ」

「おい、それ教える側が言う台詞《せりふ》だからな。お前この面子《メンツ》だったら教えられる側だぞ」

「もう、安芸くんひどいなー！　小麦ちゃんは芸術系とか家庭科とか得意だし！　料理とか掃除とか、生きてくうえで一番大事な知恵っていうか、そういうの強いじゃん？」

「そうかしら。ガラスを割ったときは細かい破片は食パンで綺麗に拭えるのだけど」

「ほらねー！　すごーい！」

「茶殻で畳を掃除すると、細かいホコリを吸着してくれるからキレイになるわよ」

「小麦ちゃん一緒に暮らしてー！」

「それ、楽しそうね」

「ホントにしたいなー、シェアハウスー。いろいろおそろいにして分けあいっこしてさ」

「……現実的には均等って難しいと思うけどね」

「え？　なんでなんで？」

「あっ、……その、ほら、私のほうが髪が長いし、シャワーとかたくさん使うから、水道代は多く払うべきでしょ」

「あははっ、細かい！　それくらい全然気にならないよ、折半しよ折半ー！」

小麦がぽろりとこぼした言葉。

均等に分けられないって、俺のことを言っているんだよな。さすがに自意識過剰じゃないだろう、これは。

小麦がまだ俺のことを好きでいてくれることがうれしくないと言ったら嘘になる。だけど、手を差し伸べたら、それは鳩尾さんに対する裏切りで、鳩尾さんを悲しませるのは嫌で、でも……。ああ、全然割り切れてねえじゃねえか、くそ。

「勉強会は二人だけでやればいいんじゃない。安芸も言ってる通り、あなたたちが私に教える時間が無駄になるわよ」

「あ、いや、別に馬鹿にしたつもりじゃなくて。全然教えるし、それこそ俺だって鳩尾さんに教わるし」

「とにかく私は遠慮しておく。一人でやったほうがはかどるから」

「そっかー、残念。小麦ちゃんも一緒だったらよかったのになあ。でも、しかたないよね。安芸くん、二人で頑張ろ?」

鳩尾さんは俺に向かってエアで拳をごつんとぶつけてきた。

小麦が辞退したので、当然、そうなる。

……。

………あれ?

なんだろう、変だ。なにに対して不可解だと思っているのか、自分でもつかみかねている。

でも、おかしい。

「安芸くん?」

「え、あ、うん。よろしく」

俺は慌てて返事する。

……気のせいか?

なにかに引っかかりつつも、俺と鳩尾さん二人きりの勉強会開催が決定した。

7

あ、あっ、ああっ。

——って、喘《あえ》いでいるとしか思えない声を安芸くんが出している。

延々と。

「至福のときだった…………」

安芸くんは、恍惚《こうこつ》とした表情で、わたしの部屋で、クッションを胸に抱えて、ほう、と息を吐いた。

テスト準備週間の放課後。

部活は活動全面禁止。

勉強会って名目だけど、まずはうちの犬たちと戯れてもらった。さっきまでもふもふパラダイスだったからね。

よーしゃしゃしゃしゃ、って安芸くん大興奮してめちゃくちゃうちの子たちを撫でまわしてた。犬、本当に好きなんだなあって親近感。

それでも、もうちょっと恋人の家に来る緊張感ってもんがあるんじゃないかなーと思ってた。

……やっぱりわたしのことが好きじゃないってことなのかなー。がっつかない余裕があるって言い方もできるけど。

んー……、やっぱどう考えても前者の印象が強いよ。

せっかく二人きりになったんだからもっと攻めてこ。

ていうか、わたしと安芸くんがつきあい始めたとき、安芸くんと小麦ちゃんってお互い遠ざけようとしてたよね。

天然のふりして三人で行動するように仕向けてたのはわたしだから、わたしが余計なことしなければ安芸くんと二人きりになるのはカンタンなことなんだよ。

でも、勉強会提案したとき、安芸くんに違和感与えちゃったかなー。小麦ちゃんに断られてわたしが全然食い下がらなかったからさ。

攻勢に出るからってちょっと焦っちゃったかも。

まー、そうは言っても、結局はね、小麦ちゃんがわたしから離れることなんてありえないから。断言できるよ、絶対にないって。

私を遠ざけっぱなしにできなくて、ちょっとしたら戻ってくるに決まってる。

だから、今のうちに攻める。

「ごめんねー、毛がすっごいついちゃったね」

「平気だよ、柴田で慣れてる」

安芸くんは自分の家で飼ってる柴犬の名前をあげた。

「あー、そっかあ。でも大丈夫?」

「なにが?」

「ほかの子の匂いぷんぷんさせて帰ったら柴田ちゃんに怒られちゃうんじゃないの?」

「うん?」

「この浮気者お！　って」

「そ、そうかなー？　柴田、あんまヤキモチとか焼かないけどなー」

いきなりかまかけてみたけど、ちょーっと反応不自然だね？

「……そういえば、小麦ちゃんのこと、気になるよね？」

「え、な、なにが？」

「なにがって。ペアダンスだよー。幼なじみが急にモテだしたら、ちょっとくらい気になったりしない？」

「いや、別に。そういう距離感じゃないんだよ、幼なじみって。近くにいすぎて恋愛対象外だし、別に加二がモテようがモテまいが俺には全然関係ないし」

「ふーん？　そうなんだー」

あやしすぎるでしょ。

聞いてもないことまでぺらぺらと、逆にやましいことがある人の言動じゃん。

安芸くんも小麦ちゃんも、お休み前となにも態度が変わってなかった。

でも、それがおかしい。

部室で小麦ちゃんが安芸くんにすがりついてたんだから、なにもなく元通りってことはないでしょーが。

大体、休み中に来た安芸くんのメッセージ。

——俺はなにがあっても鳩尾さんだけが好きだから、そのことは忘れないでほしい——

突然好きとか言ってくるって浮気感マックスすぎ。

妻に興味なくて家庭のことも顧みない夫が外でオンナと会ってたときは花束とかケーキとか指輪を買ってくる、罪悪感を打ち消すためのその場しのぎの行為っぽい。

なにより、安芸くん、思いっきりヤラかしてんだよね。

鳩尾さん『だけ』って。

これって、ほかに選択肢があるときの言葉選びだもん。

連休中、浮気してるのは確実。

それに、部室の木製のフォトフレーム。

報道部結成記念でわたしが撮った写真。

『実は休み前に不注意でちょっと汚しちゃったから新しくしたの。せっかくだからちゃんと飾ろうと思ってフォトフレームも持って来たのよ』

小麦ちゃんがそう言って持ってきて、部長机に置いていた。

『もう、これは、二度と汚したくない。桜子と、桜子の友達の私と、桜子の彼氏の安芸の三人で――。本当によく撮れてる』

小麦ちゃんは安芸くんに向かって言ってた。

『これ、ずっと飾っておきたいから、もしほかの写真も飾るならもっとフォトフレーム持ってくるけど?』

『──いらんだろ。俺、水族館の写真とか飾ろうかと思ってたけど、部室を私物化してるって言われるかもしれないしな』

『この写真を大事にしていくべきってことよね?』

『ああ。俺もこれが一番だと思う』

二人の会話に匂わせがありすぎ。

なにそのわかりあっちゃってる空気。

てかそれ暗喩じゃなくてもはや直喩じゃん。

あれかな? わたしのいぬ間に浮気してたけど、休みのうちに決着つけた感じかな? イケナイことしたのはわたしには秘密にして、これからも三人で仲良くしていきましょーって。

安芸くんの本心がわからない以上、とりあえずメッセージ誤爆して外堀から埋めたけど、それだと結局わたしがいつまで経っても一番じゃないよね。

身を引く奥ゆかしい女の子の健気さを超えるのって難しいよ。

あ~~っ、安芸くんとつきあってるのはわたしだけど蚊帳《かや》の外って感じ。

このままじゃわたし完璧にピエロじゃん?

安芸くんには、本当にわたしのことを好きになってほしい。

少なくとも小麦ちゃんに並ばなきゃ話になんない。

──そのためには。

「ねえねえ、安芸くん」

「うん？」

「元カノさんのどこが好きだった？」

「……っ⁉」

テスト勉強にきりをつけて、わたしの用意した紅茶を二人で飲んでるところに、ふいうちで仕掛けてみた。安芸くんは口の中のものを噴きだしそうになって慌てて手で押さえてる。ちょっとこぼしちゃってるね。

「大丈夫？」

ティッシュを何枚か引き抜いて、安芸くんのすぐ隣に行く。口元を拭くためにって理由があれば急に物理的距離詰めても警戒されないかなって計算。

「だ、大丈夫、ごめん、いきなりでびっくりして。な、なんでそんなこと聞くの？」

「いきなりじゃないよ、ずっと聞きたかった」

「え」

「わたし、安芸くんに今よりもっと好きになってもらいたいから」

「いや、鳩尾さんは鳩尾さんで、その、元カノに寄せなくてもいいよ」

「うん、わたしじゃ元カノさんになれないのはわかってる」

「そういう意味じゃなくて。鳩尾さん、あの、元カノの代わりとかじゃないからね。……俺は今の鳩尾さんが好きなんだよ」

「安芸くん……」

まあ、そうは言っても猫かぶってるんだけど。

でも安芸くんはわたしのイメージだけを見ているわけじゃない。

たとえばクラスのグルチャに誤爆した釣り写真。ゴカイの詰まった箱が写ってたのを見て、『鳩尾さんうねうね系平気なの？』って、わたしが気持ち悪い系の生物を触れることにさえ引いてる男子とかいたから。

引かないにしても、『きゃーきゃー言うほかの女子とは違って』とか変に持ち上げてくるパターンもあって（あれ優越感とか刺激してるつもりなのかな？　ほかの女の子の悪口言われても全っ然うれしくないんだけど）、でも安芸くんはそれもしなかった。

安芸くんの感想は、『鳩尾さん、水族館のアメフラシとかもだけど、そういうとこ物怖《ものお》じしないのうらやましいよな。俺は結構ビビリだから』だった。

比べるのは他人とわたしじゃなくて、あくまで自分とわたし。

ニュートラルなんだよね。

そこがいいなって、思う。

安芸くんは、誰かと誰かを比べて褒めたり貶《けな》したりってことを避けてる人。

だけど、恋愛関係においては、わたしのほうがいいって言わなきゃだめなんだよ？　わかってる？

「あのね、わたしにとって安芸くんは初めての彼氏だけど、安芸くんには元カノさんがいるんだなって」

「……うん」

「そういうの全然気にしてないつもりだったんだけど、安芸くんがわたしのこと好きって言ってくれたから、ちょっと、欲が出てきちゃって」

「欲？」

「んとね、……わたし、安芸くんが全部、初めてなの」

想像力が豊かならセックスのことを連想しそうな『初めて』って言い回し。

ついでに、無意識ですって感じで安芸くんの太ももに手を置いて、少し体重をかける。

安芸くんの全神経が私に向くように。

その状態でじっと見つめると、安芸くんの喉が、ごく、と動いた。

「――だから、安芸くんの初めてもわたしだったらいいなって思うようになっちゃって」

「それは……」

「わかってる。そんなの無理だよね。でも、思っちゃうんだ。面倒臭いこと言う彼女でごめんね」

「面倒臭くなんか……」

「元カノさんのおうちには行ったことあるのかな？　とか、元カノさんとは一緒に勉強したのかな？　とか、元カノさんのことは下の名前で呼んでたのかな？　とか、……元カノさんとはちゅーしたのかな？　とか」

指先にわずかな振動。安芸くんの体がぴくって動いた。

動揺したってことは、小麦ちゃんとキスしてるよね、これ。しかも、この反応は中学とかの話じゃなくて、ごく最近。

「したんだ？」

「え、……ええと」

「教えて。キスってどういう感じ？」

「ど、どういうって……」

「……」

「いや、そ、そんなの説明するの変だよね……」

「説明って、言葉じゃなくていいよ？」

「えっ、あ、でも……」

安芸くん、テンパってるなー。気付いてもないんでしょ？　キス経験をごまかそうとしてたのに、結局認めちゃってるって。

「ね、キスだけ？」

「え？」

「元カノさんと、あの、なんていうか、その、どこまで、……したのかなって」

「えっ、あっ、は⁉　そ、そんなことまでしてないよ⁉」

「ホントに？」

とか確かめなくても、そこまでわかりやすく反応されたら、してないって納得するよ。そっか、小麦ちゃんとしたのはキスまでね。

だったら、案外すぐにどうとでもなるかも。

「ごめんね、変なこと聞いて。ホントはどこまでとかいいんだ、そんなの。だって……」

「……だって？」

わたしが、上書きすればいいんだもんね。

「ね、安芸くん」

「な、なに？」

わたしは身を乗り出して、安芸くんの耳元に唇を近づける。

耳たぶに触れそうな距離。

吐息交じりに、できる限り熱っぽく、囁《ささや》く。

「元カノさんとしたこと全部、わたしとしよ？」

即物的なアプローチだけどその分成果を得られやすいでしょ。彼女として正攻法だし。
まー、自分の肉体を軽く投げ出すのってあんまりよくない気もするけど。
存在ごと軽く見られそうだから。
でも免疫ないでしょ、安芸くん。
だったら比べる対象すらなくて、わたしが一番になるでしょ。
安芸くんてば、固まっちゃってる。
正真正銘、なにもかも初めてのわたしよりもなんで奥手な反応してんの？
でも意識されてるのは悪くない。
まずはこのまま――――。

「――――ひゃっ」

は？
なに今の。わたしの声？
わたし、安芸くんの唇にわたしの唇を近づけてた――はずなのに。

「……あっ⁉　ご、ごめん、鳩尾さん」

安芸くんと距離が開いてる。

キスする直前、押しのけられたの？

え。

なに。

……はあああ⁉

信じらんない、信じらないっ！

拒否られたの⁉　わたしが⁉

顔が熱くなっていくのがわかる。恥ずかしいのと、怒りとで。

「鳩尾さん、あの、俺……」

安芸くんも慌てている。さっき、自分も驚いてたし、無意識のうちにわたしを避けたってことだよね。

あー……、焦っちゃだめ。落ち着いて。

むしろ、安芸くん、このわたしを拒めるなんて、おもしれー男ってやつじゃん？

このアクシデントだって利用すればいい。チャンスだよ。『やっぱり元カノさんが忘れられないの？　ううん、わたし、それでもいいんだ……』とかなんとか都合のいいことを可愛く涙目で言って、安芸くんの罪悪感をつつけば、わたしのほうが優位に立てる。

それで、ひるんだところに、つけこんで――――。

「う……」

あれ。

「ううう～……」

おかしいな、歯なんか食いしばっちゃって全然可愛く泣けない。

小っちゃい子が癇癪《かんしゃく》起こしたときに出す唸り声みたい。

「は、鳩尾さん……」

安芸くんがおろおろしてる。無意味に手を空中でふらふらさせてる。

……去年、わたしが小麦ちゃんの前で大号泣したことがあったんだけど、そのとき、小麦ちゃんも同じ顔で同じ動きしてたなって思い出す。似たもの幼なじみ。

あーあ。

安芸くんてば、もうつきあってない『元カノさん』に、操《みさお》を立てたんだよね。

なにそれ、勝ち目ないじゃん。

そりゃ、わたしのこと、ちょっとは好きなんだろうけど、本当にちょっとじゃん。

「ん！」

「え？」

「んっ！」

撫でて！　と頭を突き出した。

戸惑いながら、安芸くんの手が優しく髪の毛を梳《す》く。

頭ぽんぽんって大嫌い。

わたし、背が小さめだからか、恋愛テクとか勘違いしてる男子からの頭ぽんぽんの餌食《えじき》になりやすいんだけどホント遠慮なく来るもん。

『もー、セット崩れちゃうでしょー』って、控えめにやめろやオメーって伝えても、俺は気にしないよー、ぐちゃぐちゃでも可愛いよー、とか言って。

こっちが気にしてんだよ、聞けよっていうね。

頭でも最悪なのに、今日色つきリップ塗ってる？　とか唇触ろうとしてくるやつとかもいてもう恐怖だよね。『だめだめ、指が汚れちゃうよー？』って避けるけど、あれホントにこっちが汚れるの心配してあげてると思ってんのかな？

触んじゃねーぞオメー以外の意味ないっつーの。

なのに。

安芸くんにはもっと触れてほしい。

ぐいぐいと安芸くんの手に頭を押しつける。

少しでも手の力が弱まると、すかさずぐいぐい。

そんなことを繰り返していると、ふ、と安芸くんが小さく笑った気配があった。上目遣《うわめづか》いで様子を窺《うかが》う。

優しい微笑みに、ちょっとどきっとした。なんだよお、突き飛ばしたくせにー。

「なんで笑ったの？」

「ごめん」

「ごめんじゃなくて笑った理由ぅ！」

「か、かまってほしいときの柴田みたいだなって」

……びっくりした。そんなとこまで去年の小麦ちゃんと一緒なんだ。

小麦ちゃんは、わたしを撫でて慰めながら、子犬みたいって笑った。その笑顔がきらきらして見えて、わたし、どきどきしちゃったんだよね。

そんとき確信したんだ。

小麦ちゃんは、きっと、なにがあってもわたしのそばにいてくれる、って。

じゃあ、安芸くんもそうなるかも。なんてったって、似たもの幼なじみ。

勝ち目がないとか弱気になってどうすんの。

仕切り直し。

「……ふふ、柴田ちゃんみたいってことは最上級の褒め言葉だね？」

「そう。可愛いなって」

「だけどわたしとちゅーはしたくない？」

「そっ、んな、ことない、ちょっと驚いて、それで」

「わたしの一割は安芸くんのものって言ったよね？」

「え、あ、うん」

「知ってる？　人間の頭の重さ」

「え？」

「五十キロの人なら五キロ。大体、体重の一割なんだって」

たまに行くスポーツジムのトレーナーさんが教えてくれた。

「わたしの頭の中は、全部安芸くんのものなんだよ」

渾身《こんしん》の上目遣い。

「おつきあいしてるんだから安芸くんの一割も欲しいな。……頭の中、わたしでいっぱいにしてほしい」

裏を返せば、今はいっぱいじゃないって知ってるんだよっていう健気な発言。こういうのぐっとくるんでしょ。

ついでに、安芸くんの性格的に、多分これ以上わたしに恥をかかせるのはしのびないって思ってるはず。

ゆっくりと目をつぶると、想定通り、安芸くんがわたしに唇を重ねてきた。

ごく軽く。

わたしは薄く目を開ける。

「……元カノさんは、こういうちゅーしたの？」

「え？」

「元カノさんとしたの、わたしにして？」

「は、鳩尾さん」

「桜子」

「え」

「名前で呼んで」

「……桜子」

「うん。ね、して？」

安芸くんに畳みかける。混乱につけこまれて、安芸くんはわたしの要望のままに動く。さっきより強く唇を押しつけてきた。

でも、触れるだけ。

ふうん。これが小麦ちゃんのキスなんだ。へえ。そっか。

可愛いね。すっごく。

ぺろり、と安芸くんの唇の端っこを舐める。安芸くんは驚いて、え、え、と、口を開く。

「元カノさんとはこういうのは、……しなかったの？」

舌、いれちゃえ。

「ん、ん……」

一生懸命になってるからかな、声が漏れちゃう。安芸くんの縮こまってる舌を追いかけて、引きずりだして、必死で絡ませる。しばらくしたら、おずおずと応えてくるから気分がよくなってもう止まらなくなる。

貪《むさぼ》るみたいなキス。

後頭部のあたり、頭の中が、じいんとしびれるみたいな感覚。

唇を離したときには、はあ、と息が上がっていた。

酸欠なのかなってくらいに、ぼーっとする。

「は、とびさん」

「桜子」

「……桜子、あの……」

安芸くんもわたしも、ちょっとずつ平常心が戻ってきてる。

結構すっごいことしちゃった。

あー、どうしよ、今さら恥ずかしくなってきた。恥じらう子のほうが受けがよさそうだけど、さんざんやっておいて、急に照れだすとかわざとらしすぎるかなあ。

でも安芸くんが視線うろつかせて恥ずかしがってるの可愛げあるなー。……って、今わたしが思ってるからやっぱ有効なのかな、そういうの。

「えと、安芸くん、テスト勉強、飛んじゃってない？　だいじょぶ？」

「あー……。なんかぽろぽろと落とした感じする」

「あはは。報道部っぽく遺失物管理しなきゃ。わたしは安芸くんに拾ってもらったから、今度はわたしが安芸くんのこと、ちゃんと拾ったげるね」

「えっ、さ、桜子……」

ぐりぐりと安芸くんの肩口に額をこすりつける。

「こうやってわたしの匂いをつけておけば、どこにいてもわたしのものだってわかるから、安芸くんのことすぐに拾えるよ」

マーキングって媚び方として露骨すぎるかなー。安芸くん、あざといのそんな好きじゃないっぽいしなー？

ちら、と安芸くんの様子を窺う。

――――え。

安芸くんはキスの直後よりも、ずっとずっと顔を赤くしていた。

ちょろすぎない？

って一瞬思ったけど、よくよく見てみたら、わたしにぐりぐりされて照れてるとかじゃないっぽかった。

んー？　よくわかんないけど、初めてココア飲んだときとかこうなるんじゃないかなって感じ。世の中にこんないいものがあったなんて！　って驚きすぎてぽかんとしてるみたいな顔。なんかつられて赤くなる。

だって、安芸くんのそんな表情、初めて見たんだもん。

小麦ちゃんは、こういうの、しょっちゅう見てるのかな。わたしだけが出遅れてるって思ってたけど、これなら、案外追いつけるかも？　どうだろな、まだわかんない。でも。

ねえ、小麦ちゃん。

わたし、早く、小麦ちゃんと対等になりたいなあ。

8

「よその女の匂いがする！」

自宅の玄関に足を踏み入れて早々、ふんふんと鼻をうごめかしつつ、柴田が言った。

鳩尾さんの家から帰ってきたばかりなこともあって、ぎょっとした。

「なんなんだよ、姉ちゃん……」

正確には、顔の高さで柴田を抱っこした姉ちゃんが、柴田にアテレコしていただけだ。

柴田の後ろから顔をひょっこり出してひゃはは、と笑う姉ちゃん。黒縁眼鏡に、頭頂部で適当にまとめたお団子に、スウェット。身内の前でしかしない気を抜いた格好。

「おっかえりー、遅かったねー」

「ただいま、なんでいんの？」

姉ちゃんは一人暮らしだ。アパレルのエリアマネージャー二十五歳。休みも不定期だし忙しいしで実家にはあんまり顔を見せない。

「うわっ、なに可愛くねーこと言って。会いたかったよ、おね〜ちゃ〜〜んって号泣しなよ」

「そんななるほど久々でもないし」

家族内で俺だけはちょくちょく姉ちゃんと会ってる。

直近だと春休みに美容院に連れていかれた。俺が髪の毛を染めているのは姉ちゃんの推し美容師への課金の一環だ。金はあたしが出すし最大限課金できるメニュー選ぶからね、と。

姉ちゃんは自分のお気に入りにはとにかく課金したがる。多分、夜職《ガルバ》をやっていたときに『店以外で会おうよ！　ご飯おごるから！』という一銭の得にもならない迷惑メッセージを送ってきた客を反面教師にしてるんだろう。

「そうやってさー、いつでも会えるし〜とかこないだ会ったし〜とか言ってると、ある日突然会えなくなったりすんじゃん？」

姉ちゃんが浮かべた笑みは意地悪そうで、いかにも意味深だ。抽象的なことを言っているようで、俺と姉ちゃんの間では補語がなくても通じる事柄。

誰と、いつ、会えなくなったのか、の共通体験。

「笑えねーネタぶっこんできたなあ」

「仲良し姉弟ゆえの遠慮のなさ？」

「俺の好きなことわざは『親しき仲にも礼儀あり』」

「あたしの好きな四字熟語は『福沢諭吉』」

「四字熟語じゃねえなあ」

「じゃあ『虎視眈眈』かなー。響きがすげー可愛くない？」

「ちょっとわかる」

「『口禍之門《こうかしもん》』とかもフランス語っぽくて好き」

「シモンって語感に引っ張られすぎだろ。それ意味なに？」

「口は災いの元、みたいな」

「へー。母ちゃんもお父さんもまだ帰ってない？」

「ん、あたし今日来るってお母さんに連絡入れたときさ、なんか遅くなるって言ってたよ。やっべ、姉弟水入らずじゃーん。語らっちゃう〜？」

「酒くっせ！」

肩を組んで顔近づけて来た姉ちゃんからそこそこのアルコール臭。

「いいでしょ、別にー。飲む前にちゃんとあんたの分もつまみ……おかず作っといてあげたんだからねー」

「つまみっつった？」

「おかずっつったぁ～。早く着替えといで」

姉ちゃんが台所に引っ込んでいく。

床に降ろされた柴田は相変わらず俺のことを嗅いでいる。延々ズボンの裾《すそ》あたりに引っついてきて、俺を不審者だと思ってるのかって勢いだ。

「あでででで」

しかも足首噛まれた。

鳩尾さんちの犬の臭いが制服に染《し》みついてるのか？

「よーしよし、ごめんて柴田。——あっ」

抱き上げたらもがかれまくって逃げられた。

……なんか浮気者の末路って感じだ。

素直に着替えて食卓につく。

姉ちゃんが作ってくれていたのは油淋鶏《ユーリンチー》。甘酢のネギダレがかかっていて、確かにご飯もビールもすすみそうな感じだ。

「彼女できたあ？」

缶ビール片手に、姉ちゃんが隣からにやにやと訊《たず》ねてくる。椅子に片足乗り上げてて行儀が悪い。外だときっちりした美人で通ってるって詐欺だよな……。

「初手セクハラかよ」

「彼女できてたらあたしのおかげだよソレ」

「なんで」

「姉のいる弟はモテるって言うじゃん」

「その俗説って要は異性に甘い夢見なくなるからってことだろ？」

「あー、そーだろね、男だ女だって変に構えなくなるからだろね」

「一日履《は》いたパンプスがすえた匂いを発すると知っちゃうとか、毛の処理のためにセルフブラジリアンワックスに挑戦して悶《もだ》えてるところを目撃しちゃうとか、面白半分にメイクされて間違ってビューラーでまぶた挟まれてゲラゲラ笑われちゃうとか、あーなんだ普通に人間なんだな～って理解せざるを得ないからだろ？」

「家だと眉毛《まゆげ》ないとか死ぬほど毛玉だらけのスウェット着てるとかね」

「自分で言うのか」

「いぇいいぇい」

「楽しそうでいいなあ」

「まー逆にうちの姉貴だけが特例！　よその女の子は違う！　いつだっていい匂いするし毛も生えないし！　って頑《かたく》なになるパターンもあるだろうけどねー」

「そこまで夢見る力があればむしろなんかに役立ちそうだけども」

「で、彼女できた？」

「しつけー。………できたけど」

「ひゃはははは！」

「こぼすな、こぼすな」

箸《はし》を置く。姉ちゃんが腕をぶん回したせいで飛び散ったビールを拭く。悲しき弟気質。

姉ちゃんがはしゃいだのは、俺に『初めて』の彼女ができたと思っているからだろう。小麦とつきあっていたことは知らない。姉ちゃんだけじゃなく誰も。

「そっかー、あんたもそういう年頃《としごろ》かー。あぁー、絶対童貞を『捨てる』って表現する子にはならんでほしいわ」

「飛躍」

マジでなんの話なんだよ、酔ってんなあ……。

「えっ、えっ、もしかして、もう『捨てた』？」

「してねーからそういうの」

「彼女に失礼だからね。『捨てる』とかってさー。ごみじゃねんだからさー」

「もしごみなら可燃か不燃かどっちだろな」

「燃えろ！　真剣に取り組め！　……あー、でもなー」

「なんだよ」

「愛があればいいってことでもないから。つーか愛だけでヤんな。相手が無知かもしんないし、嫌われたくなくて断れないだけかもしんないし、勢いに流されてるだけかもしんないし。避妊大事だよ。安全日なんか存在しねえってのにAV信じてんじゃねーよぶん殴るぞ」

「物騒」

過去になんか嫌なことでもあったのか。なんの八つ当たりだこれ。

「でも財布にゴム入れるとかも童貞かチャラ男しかいなくてドン引きだからやめて。ダサくて震える。あれなにマジで。保管方法に疑問持てよ猿～～」

「口が悪すぎない？」

そのまま姉ちゃんの愚痴トークに突入した。歴代の彼氏へ向けてなのか、呪詛をどんどん吐き続けている。

聞いているふりをしつつご飯を食べる。

姉ちゃんの言う『捨てる』とかなんとかは杞憂《きゆう》だ。少なくとも今のところは。

鳩尾さんとのキスを思い出す。

『元カノさん』としたキスをして、と言われて、俺は鳩尾さんに嘘をついた。まさか部室で押し倒されたときのような、命の危機を覚えたアレを再現するわけにいかなかった。だから、三日間の恋人ごっこのときの、触れるだけのキスをした。

そうしたら、わりとすんごいやつが返ってきた。

目の前の、鳩尾さんのことしか考えられなくなるような。

実際、『元カノさん』のキスのことなんて、あの瞬間は頭になかった。

間違いなく興奮していた。

にもかかわらず、その先のことを俺は想像さえしなかった。

姉ちゃんの赤裸々な愚痴を聞かされてきたせいか、同年代男子に比べて俺がそういう方面にかなり慎重だからでもある。

だがそれ以前に、いまいち現実感がないのだ。

自分の気持ちが定まらず、何歩も手前でつまずいている。

悩んでいるだけでなにかしているつもりになって、どこにも行けない。

「ちょっと聞いてるー？　……あれー？　なーんか暗い顔だなあ？　あんた、悩んでるときの顔だわそれー」

「えっ、わかるの？　姉だから？」

「カマかけただけ」

「姉ちゃんさぁ」

「嘘、嘘、わかるわかる。ほれほれー、姉ちゃんに言ってみ？」

年が離れている余裕からか、姉ちゃんはなんだかんだと俺に甘い。今だって冷やかしている
ようで、声にちゃんと俺を心配している色が交じっている。

だから、つい、俺は心の内を吐露してしまった。

姉ちゃんが普段はここにいない人だから、秘密を打ち明けやすかったというのもある。とは
いえ、姉ちゃんも小麦とは幼なじみなわけで、名前は出さず匿名で、だが。

実は元カノがいたこと。

元カノを忘れるために元カノの親友である今カノとつきあったこと。

だけど元カノが実は俺のことをずっと好きだったこと。俺は今カノを選び、元カノと三日間
の恋人ごっこをして元通りにするつもりが、うまく切り替えられないこと――。

姉ちゃんは黙って俺の話に耳を傾けてくれた。俺のすべてを肯定するかのような、優しい笑
みをうっすらと口元に浮かべながら。

そうして、話を聞き終えた姉ちゃんの第一声。

「は？　浮気じゃねーか殺すぞ」

顔面豹変《ひょうへん》ド低音。

姉ちゃんは険しい顔つきで、はあ、と聞こえよがしなため息を吐いた。

「あんたさー、やめなよ、浮気とか二股《ふたまた》とかそういうの。あたし、絶対言っちゃいけないこと言っちゃいそうになるじゃん」

「『父ちゃんみたい』って？」

「あーあーあーあー、言うなっつの」

「すぐ帰るからここで待っててねとか言って幼い俺を置き去りにして、浮気相手のところに行ってそのまま戻ってこなかった父ちゃんみたーいって？」

「全部言うなっつの」

実の父親である『父ちゃん』は、小学校に上がる前に、ある日突然、会えなくなった人。不倫のち失踪《しっそう》。いや、失踪ってのはあくまで俺と姉ちゃんの印象で、実際には、現実的な手続きが母ちゃんとの間にあったんだろうが……。

俺が今現在、『お父さん』と呼んでるのは、母親の再婚相手で、二人目の父親で、育ての親なのだ。呼び分けているのはあくまで便宜《べんぎ》上で深い意味はない。別にお父さんとうまくやれてないわけでもないしな。

他人に気を使わせるからあんまり口外していないが。

「それさー、なんなの、結局あんた、どっちが好きなの？」

「それは……」

「そこで今カノって即答できねーのかよ〜〜」

ばんばん肩を叩《たた》かれる。

「いや、……そうだよ、今の彼女が好きだよ」

俺には置き去りにされるってことに心の奥底で恐怖心のようなものがある。もちろん父ちゃんのせいでだ。

だから、鳩尾さんが俺に匂いをつけたことが——どこにいてもわかると、俺のことをすぐに拾ってくれると言ってくれたことが、うれしかった。

鳩尾さんが俺の事情を斟酌したわけじゃないのはわかっている。でも、幼い頃にほしかった言葉がそのまま出てきたんだ。

馬鹿みたいに単純だけど、鳩尾さんがきらきらして見えた。

胸が、高鳴った。

「でも元カノと恋人ごっこしたんでしょー」

「だ、だって、それは……」

「うるせーうるせーなんだよもー脳味噌海綿体じゃん結局さあ」

「言い方」

「なあに、キツイって言いたいの？　夜職経験ある女が男に好意的なわけないでしょーが。ク

ソみてーな男にばっか会うんだから。しかも愛想笑いひとつ会話ひとつに値段がつくんだから
タダで接待したくねーって避けるよーになるわ男を」

「知らんて」

「どこぞの旦那も誰ぞのお父さんも彼女持ちも非モテも結局全員下心満々でキモいって知っちゃうし。ああ、いやだあ、弟があたしの嫌いなタイプの男になっていくう〜……」

「愚痴無限湧きするじゃん……」

まあ、あわよくば精神マンマンで性欲むきだし、しかも姉ちゃんの人格を無視して外見ばっか見てくる相手と接していたら、男嫌いにもなるだろう。でも。

「……その嫌いな男がいなきゃ成り立たない職じゃねえの」

「あたしに嫌味言ったところでさー？　あんたが二人の女の子の間でフラフラしてる事実は変わんないんだよー」

「わかってるよ……」

姉ちゃんが他人から軽く見られるのは嫌なのに、やらかした。

「俺だって、こんなはっきりしない自分は嫌なんだって……」

自分の醜さから目を逸らそうとして、攻撃的になった。

そんなことをしてもなにも解決しないのに。

優柔不断になる局面なんかもうとっくに過ぎていて、俺はただ鳩尾さんのことだけを考えれ

ばいいはずなのに、いつまでも小麦に固執している。

……だって、小麦は俺のことが好きなんだぞ。

「ふぇええん、そうだよねえ、わかるわかるー」

姉ちゃんが突然猫なで声を出す。俺はなにも言ってないのになにを……？

「自分の恋心を簡単にコントロールできたら苦労しないもんねえ。道徳の教科書じゃないんだから、好きな人がいてもそれ以外の人とつきあうことだって全然あるし。むしろ情熱的っていうか。人間臭くていいと思うなぁ〜」

「……」

「誰が一番好きかなんて、自分にわからないことだってよくあるしぃ、これこそが一番！　って思っててもなにかをきっかけにして変動することだってあるもんねえ。むしろ、一日の中でさえ変わるよ〜。とにかく玄くんは全然悪くないよ〜。タイミングが悪かったんだよぉ〜」

「……営業モード怖えよ」

「ばれた？」

「バカにしてんのかって客から怒られなかったそれ？」

「と思うでしょ？　我ながらギャグかよってくらいミエミエの共感してるのに、ホイホイ騙《だま》されてくれっから」

「マジかよ」

「『オレって感情的にならないし解決脳だから相談とかされてもついつい的確なアドバイスしちゃって、共感されたい気持ちって全然わかんないんだよ～』とかほざく奴ほどチョロいからね。自己評価なんてアテにならんて」

「……ちなみに姉モードは？」

「優柔不断男に振り回されるのが可哀想《かわいそう》だから、元カノも今カノもほかの誠実な奴と幸せになってほしい。てか恋愛至上主義じゃないなら独りのほうが幸せまである。さっさと愛想尽かされろ二股野郎」

「うっ……」

身内特有の豪速球。文字通りのデッドボールに呼吸が止まる。

でも反論できない。

「てかさ、そもそもなんであんたが選ぶ立場のつもりなのかよくわかんないんだけど」

「え？」

「だってさ、元カノちゃん、あんたを選んでないじゃん」

「……え？」

「あんたを一生懸命諦めようとしてるって行動がなーんかゴリゴリ健気な感じになってってっけど。それって結局あんたより親友ちゃんのほうが大事だってことでしょ？」

「……あ」

「あんた、もう切り捨てられてんだよ?」

「……」

「そりゃさー、今はまだ元カノちゃんも未練があって、あんたのこと好きかもしんないけど。でも親友ちゃんを裏切るほどじゃなかったってことだよ?」

姉ちゃんの容赦のない指摘に言葉を失う。

言われてみれば確かにそうだ。

三日間の恋人とか極端なことを実行したせいで惑わされていた。

小麦が選んだのは、鳩尾さんなんだ。

一度、ラインを踏み越えて、それでも戻ったくらいに。

それを俺は、鳩尾さんにしようかなー、小麦にしようかなー、誰も傷つけたくないのにぃー、とか、とんだ勘違い野郎のモテ男気取り。

もちろん、小麦から俺への気持ちが突然無になることはないだろう。だけどそれを飼い慣らして小麦は前に進もうとしているんだ。

慮っていたつもりで俺は小麦を見くびっていたのか。——いつまでも俺のことを好きで、一人でくよくよして、かよわい女の子でいて! と。

最悪だ。

加二釜小麦は、いつだって誠実で、崇高で、正義感が強くて、友情に厚いのに。

「はー……。でも可愛い弟がこんなことになってるとは衝撃だわー。小っちゃい頃は姉ちゃんと結婚するーって言ってたくせに」

姉ちゃんの声が柔らかくなる。キツいこと言うのはもうここまでね、という切り替えのしるし。喧嘩《けんか》したときもこうやって仲直りする。姉弟ってなあなあなとこある。

「絶対俺言ってないだろ」

「うん、虚言」

「潔く認めた……」

「でもあんたマジで小さい頃は可愛かったからね。小っちゃい頃は」

「強調しすぎじゃね」

「今も可愛いっつかカッコイイよ。コンタクトにすりゃいいのに。あんた、あたしに似て目元涼しげだし実は顔整ってるからね」

「はいはい姉ちゃん可愛い可愛い」

「や、でもあんた小っちゃい頃ね、目がくりっとしてて本当に可愛くて」

「ねえもうさっきから同じこと言ってんだって酔っ払い」

「ちっがうの！　すっごいなつかしいもの見つけたんだって！　そーだよ、これ見せたかったのにあんたが変な話するからー」

姉ちゃんはスウェットから写真を一枚取りだして、じゃーん！　と目の前に突きつけてくる。

直にポケットに突っ込むなよ、ちょっと折り目ついちゃってんじゃん。

写っているのは確かに小っちゃい頃の俺。

幼稚園のお遊戯会らしい。全然覚えてない。

「ね？　可愛いでしょー。女の子に間違えられることもよくあったしね、こんとき」

当時の俺は髪の毛が全体的に長かったからってのもあるだろう。

今思うと、俺の散髪にかまってられないくらいに母ちゃんが旦那の浮気に心を痛めていたってことかもしれない。……意味がわかると怖い話的な写真だな、おい。

「なんで持ってんのこんなの」

「部屋の片付けしてたら出てきた。あたし今度新しいとこ引っ越すからさ、今すっごい断捨離してんの」

「え、てか、なに、そもそも俺の昔の写真持ってってたの？　寂《さび》しいとき見るの？」

「ちげーっちゅーの。なんか知んないけどあたしの本に挟まってた。アルバム整理してる途中で本読み始めてしおり代わりにでもしてたのかなー。返すね」

「返されても」

「本いっぱい持って来たから置いてくね。勝手に読んでいーよ」

「実家を物置代わりにしないでくれる？」

クレームを入れつつ、姉ちゃんから写真を受け取る。

「……あれ？」

写真の中で、自分と手を繋《つな》いでいる子に見覚えがあった。こぼれおちそうなほどの大きな目の女の子。

それから、前髪を留めている赤地に白い水玉のピン。

「どしたの？」

「この子、知ってる子かもしれない」

「は？　そりゃ一緒にお遊戯してるんだから知ってる子でしょ」

「そうじゃなくて」

まじまじと見てみると、やっぱりだ。面影がある。

これ。

鳩尾さんだよな……？

9

「──あれ？　わたしだ」

昨日に引き続き勉強会。まあ、勉強会よりも本当の目的は『徹底的にわたしのことだけ考えてもらう週間』なんだけどね。

ひと通りやることが終わったところで、安芸くんが写真を見せてきた。お姉さんから手に入れたとか入手経路の説明つきで。

写っているのは幼いわたしと、安芸くん。

「えっ、えっ、じゃあ、わたしの隣にいるのって安芸くん⁉　一緒の幼稚園通ってたんだ。……てか、わたしが仲良くしてた男の子って、安芸くんだったんだ！」

とっさに『思い出の幼なじみの男の子と安芸くんが同一人物だと気づいてませんでしたー！』って演技をした。

わたしがその事実を知ってたらなんで今まで言わなかったんだ？　ってなりそうだし。

でもいいなあ、この写真。わたしのアルバムには二人で写ってるのないんじゃないかなあ。

「やっぱり鳩尾さんなんだ」

「二人のときは桜子ね！」

「やっぱり、さ、桜子だったんだ」

「あはは、従順」

「……あの、もしかして、以前、自分にも幼なじみがいたって言ってたのってさ」

「うん、安芸くんのことだったみたい！　運命的な再会って感じ！」

「あー……、ごめん、俺、当時のこと全然覚えてなくて」

「なんかよく二人で遊んでた女の子はいたかなーいないかなーくらいで」

「えー、そうなの？」

「そっかー。むー。わたしはすっごく覚えてるのにー。だってさ、小っちゃいからカウントしてなかったけど、今思うとわたしの初恋の男の子なんだもん」

ってことにしておこうっと。さもずーっと胸に抱いていた大切な思い出みたいに。正直そこまでの重さはないんだけど。

「えっ？　あっ、そ、そうなんだ……！」

安芸くん、思ったことが案外顔に出るよね。

まさかそんな昔からずっと俺のことを！　すっごい一途に思ってくれてたんだ！　大変だ！　こんな子のこと絶対に裏切れない！　――って思ってるでしょ。

大げさだなあ。可愛いよね、安芸くん。

誤解してくれたんなら、まあ利用させてもらうけどさ。あ、でも、そうやって義務みたいになったら息苦しくなって逃げちゃうかな。うーん……。昨日ちょっと脈アリって思ったけど、気のせいなのかなんなのかわかんないし。

四つん這いになって安芸くんの近くにすり寄る。猫みたいにしなやかに。

「な、なになに」

「えっへっへー。もしかして、昔もこうやって匂いつけてたのかな、わたし？　だから安芸くんのこと見つけられたのかもねー？」

　さり気なく、安芸くんの膝の上に座る。安芸くんのことを座椅子扱いしていちゃいちゃに持ち込む。とにかく今は、こうやって攻めていくしかない。

……でも、勢いのままで攻めた昨日よりもなんか緊張するなあ。

「座り心地が悪いよー」

「え、あ、ごめん？」

「シートベルトが必要ですなー」

「え？」

「こう！」

「あ……」

　安芸くんの両手をわたしのお腹に回させる。

　こうやって誘導するまではなにもしてこない。

　配信サイトで見た古いドラマでさ、セクハラ上司がヒロインのお尻触って、怒られたら「彼氏にはなんでもやらせてるくせに！」とか逆ギレしてて、そりゃ他人と彼氏が同じなわけないじゃん、え、同じカテゴリに入ってるって考えてんの？　馬鹿なんじゃないの？　って思ったけど、実際にはさ、好きな人にだっていつでもどこでも触られていいわけじゃないじゃん。

　つきあってても嫌なときは嫌だし、嫌なもんは嫌。

安芸くんの振る舞いは、だから、すごく正しい。

勝手にべたべたするわたしの行動が、間違っている。

だけど、これ以外にどうしたらいいのかわかんないんだもん。

……わたしの顔とか体しか見てない男子なんか大嫌いだったのに。わたしは勉強ができるのに。わたしは表面上の性格は大天使なのに。わたしのいいところはいっぱいあるのに。

なのに、今、顔と体でしか戦えないって自分で思ってて、しかも、それも効果がないかもしんないの？

やだなあ、こんな情けないの、わたしじゃないみたい。

安芸くんの紳士的なところが好きなのに、安芸くんに今は紳士でいてほしくない。

なんでこんなくっだらないことで悲しくなってくるんだろ。

……恋だから？　わかんない。

でも、なにもしなかったら負けちゃうんだもん。

とりあえず距離感バグらせていこ。

「……ねえ、安芸くん」

私は首を傾けて、安芸くんにキスをしようとした。

……。

……。

あれ？

ぎりぎりまで近づけたのに、なんか……あれ？

急に不安っていうか、安芸くんの気持ちがないならやだなっていうか、ええぇ、待って、演技じゃなく純情ぶってどうすんの、なんで？　なにこれ、どうしよう。

静かにパニックになってたら、安芸くんが最後の距離を詰めてきた。

昨日みたいに圧をかけてないのに、安芸くんから、キスしてくれた。

「え、あ、ごめ、鳩尾さん、い、嫌だった？」

「……え？」

安芸くんがあわあわしだしたところで気付いた。

ちょっと目がうるうるしてるじゃん、わたし。

はあ？　安心して感極《かんきわ》まっちゃったみたいな？

なにそれ、やっぱ。

安芸くんがわたしの告白を受け入れたとき、わたし、まだ全然恋心に自覚なかったから、力抜けて泣いちゃってます〜って超絶カマトトぶった演技したんだよね。さすがにやりすぎかもカッコワライって思ってたのに、今、……素でその状態になったってこと？

うへえ、なにそれ。恥ずかしすぎなんだけど。

「鳩尾さん……？」

「あ、あのね、嫌じゃなくてね、あの、安芸くんからしてもらうの、好きだなって、なんか、改めて思っちゃって、うれし泣き的なやつだから、これ」

はい、これ計算だから。計算でこういうこと言ってるから。うん。そう。

ほら、さすがの安芸くんもちょっとぐらっと来てるみたいだしね。

「あとね、安芸くん。桜子だよ？」

「え？」

「二人きりのときは」

「あ、桜子……」

「ふふ、よーし」

あー、なんかよくわかんないけどどきどきする。

主導権取らなきゃ、主導権。話を戻そう。

「でもさ、安芸くん、急に幼稚園来なくなっちゃったでしょ。わたし、すっごく悲しかったんだから！」

「あー……」

安芸くんは少し言いにくそうにしてる。てか、この体勢になったの自分だけど安芸くんの息が耳元に当たってなんか変な気分になるんだけど……。

「それ、両親の離婚で、母方のばあちゃんの家に引っ越すことになってさ」

「子供だったし、ていうか、いまだに細かいことよく知らないんだけど、結構突然決まったことだったみたいで、だから桜子に挨拶《あいさつ》もできなかったんじゃないかなって」

「そうだったんだ……。ごめん、わたしってば。事情も知らずに」

「いやいやいや、全然、気にしないで」

「うん、わかった」

こういう自分の力でどうしようもないことって、わたしだったら重く受け取られても軽く受け取られても嫌だから、日常会話のひとつとして扱った。

こっちから掘り下げなくても、話したくなったら話してくれるでしょ。

安芸くんはどこかほっとしていた。

「ん、どしたの？」

「あー……、なんか、父親のことさ、勝手にドラマチックなストーリーを構築されるのが嫌で、あんま人に言わないんだけど、鳩尾さ……、桜子がフラットでよかったなって」

「えー？」

なんかわかんないけど好感度上がった。どっちかっていうとわたしの薄情な部分が評価されてびっくりなんだけど。んー……、意外に相性《あいしょう》いいのかもね、わたしと安芸くん。

ちょっとうきうきしてくる。

「安芸くん、引っ越した先で小麦ちゃんに会ったってことだよね？」

「そうだよ」

だよね。小麦ちゃんと安芸くんとは小学生からの幼なじみなんだもんね。

だから、この写真って、わたしのほうが小麦ちゃんに勝ってるって証拠なんだよね。

「……ね、安芸くん」

じゃあ、これ、利用させてもらおうっと。

「この写真、ちょうだい！」

10

「部活、ふっかーつ！」

「桜子……じゃなくて、鳩尾さん、韻、踏むなあ」

「安芸くん、細君」

「ごめん、無理して韻踏まなくていいんだ」

「あはは、リクエストされたのかと思った」

「細君ではないね」

「ではなかったかー」

玄と桜子が楽しそうに話している。

テストも終わり、桜子の言うように部活動も通常営業に戻った。

部長席に玄、長机の向かいに桜子、部室に三人そろったのは久しぶり。

二人はずっと一緒にテスト勉強をしていて、それで仲が深まったのか、玄が桜子のことをうっかり下の名前で呼んでいる。言い直したけど、二人きりのときはそうしてるってことなんでしょうね。

だけど、私はそれになんの反応もしない。

玄のことは諦めたのだから、どうでもいいことだと思ってる。……というアピールをしなければいけない。

「ねーねー、見て見て、小麦ちゃん！」

「なあに？」

「この写真っ！」

桜子がリュックから写真を取りだした。

そのまま、興奮ぎみに語りだす。

玄と桜子が過去、すでに出会っていたことを。

ある種の幼なじみだ、と。幼なじみって響きに憧れてたからうれしい、と。幼稚園の頃毎日仲良く遊んでいたんだ、と。

私は、へえ、とか、そうなの、と無難な相槌を打つことに必死だ。

「それでね、……えへへ、実はね、わたし、この男の子のこと好きだったんだ」

「ちょ、ちょっと鳩尾さん、恥ずかしいって」

玄もすでに知ってる話みたい。勉強会のときに共有したのかしら。

「ほんの淡い気持ちだったからよくわかんなかったけど。今まで、わたしの初恋って安芸くんなんだと思ってたし。だけど本当の初恋はこの男の子だったんだなーって」

「なによ、どっちにしろ安芸ってことじゃないの」

「うひひー」

呆《あき》れてみせたけど、私の脈は速くなっていた。どくどくと追い立てられるように。

だって。

「でも、ホーント、びっくりしちゃったよー。小麦ちゃんよりわたしのほうが先に安芸くんと出会ってたなんてね？」

そう。

桜子のほうが私よりも先に玄のことが好きだったんだ。

幼なじみって関係性も、恋愛感情も、全部全部、私だけのものなんかじゃなくて、それどころか桜子のほうが先で、――玄は好きになった順番なんか関係ないって言ってたけど、それでも私がどこかで大事に思っていたことすべて、最初から桜子のものだった。

「この水玉のピンもね、……幼稚園のときに安芸くんにもらったものなんだよ？」

桜子は、ブレザーのポケットから写真の中のピンと寸分たがわぬ同じものを取りだす。

「え、あ、そうなの⁉　俺があげたの、それ⁉」

「もー、やっぱり覚えてなかったんだー」

水玉ピンは、去年、桜子が昇降口で落としたのを安芸に拾ってもらったものだそうだ。そして、玄も忘れていたけど、玄の贈り物であるらしい。

「それさ、大切なものだって言ってたよね」

「そうだよ。仲良しの男の子からもらったからずうっと大切にしてたんだよ。……あっ、もしかして、怖い⁉　執念深い感じするかな⁉」

「いや、全然。ごめん、本当に贈った記憶はないんだけど、それでも、ずっと大切にしてもらえてるなんてうれしいよ」

「よかったあ」

ほっと胸を撫で下ろし、ピンを愛おしそうに見つめる桜子。

「なんかさー、こういう思い出の品って幼なじみ～って感じ！　小麦ちゃんと安芸くんにもそういうのってあるの？」

「鈴が……」

私は慌てて口を閉じた。

なんで鈴とか言っちゃったんだろう。なんで対抗心を抱いたんだろう。

そんなものないわって一蹴すればよかったのに。

そもそも玄が覚えているかどうかもわからないのに。

「鈴？　なになに？」

「あー、あれか？」

玄は私が言ったものがなにを指すのかすぐに思い当たったらしい。

……覚えてたんだ。

そんなことでうれしくなっちゃいけないのに。

玄が桜子に鈴の説明をしている。

幼い頃、置き去りにされているものを見るのが嫌な玄に、これをつけておけば音が鳴るから誰かが見てくれるよ、と私が渡した鈴がある、と。

おそろいの鈴。

私はまだ持ってる。部屋の引き出しの奥にしまってある。ずっと持ち続けている。

だって、私の言葉できらきらしだした玄の瞳が忘れられなかったから。

「へー、素敵！　それって今も持ってるの？　見たーい！」

「あー……、どうだろ、結構すぐ捨てたな、多分。扱いが雑だったのかな、俺、壊しちゃった記憶あるし」

玄の目が泳いでいる気がする。でも、こんなことで嘘を吐く必要もない。すぐにどうでもよくなっちゃったんだ、玄は。

「えー！　でも思い出として持ってればいいのにー！」

「責めないで、桜子。あえて思い当たる思い出の品がそれくらいってだけで、元々たいしたものじゃないから、当然よ」

桜子がピンを大事にするみたいには、玄は鈴を大事にしてくれなかった。

「私だって掃除とかしてるうちにどこかにやっちゃったし……」

私だけが後生大事にしてる。

「……お手洗いに行くわね」

私は逃げ出した。

桜子と目が合ったら、醜い心を覗きこまれそうで怖かった。

どうして。玄と恋人のときにやりたかったことをした。満たされたはずだった。諦められるはずだった。

なにもかもが元通りになるはずだった――――なのに。

「嫌だ……」

廊下で立ち尽くす。

どうしよう。自分の気持ちがうまく制御できない。むしろ一度、嘘でも玄を手に入れてしまったせいで、想いが加速している。

私がペアダンスを断った男子の一人が、『どうしたらつきあえるかな？　ガチでなんでもやる、一生懸命努力するから！』って言ってきたことがある。

不思議だった。

どうして無駄なこと聞くんだろう。だって、私はあなたがなにをどう努力しても、あなたのことを好きにならないのに、って。

口には出さなかったけど、頭に浮かんだ率直《そっちょく》な気持ち。その無神経な言葉がブーメランになって心臓を抉《えぐ》る。

私がなにをしても無駄で、玄とはつきあえない。

それなのに、このまま諦めたふりをして、自分を偽るのもしんどい。

ああ――もう桜子のことを妬《ねた》みたくないのに。

あの子はなにも悪くない。

それに、私にはもう桜子しかいないのだから。

この状況をどうにかしなくちゃいけない。また感情が抑えきれなくなったら、今度こそ取り返しがつかない。

だけど、どうしていいのか全然わからない。どうしよう。どうすれば――。

「……加二釜さん」

思考が強制終了した。

誰かが声をかけてきた。

11

水玉のピンのこと、安芸くんからプレゼントされたっぽく言ったけど、あれ、正しくは強奪《ごうだつ》したんだよね、わたし。

元々水玉のピンは安芸くんがつけてた。

あの頃《ころ》の安芸くんって髪が長かったし、前髪目に入っちゃうよ～ってお姉さんとかが自分の使ってたやつをつけてあげたんじゃないのかなー。

で、ほかの男の子たちにからかわれてた。

『なんでそんなんつけてんの？　だっせー！』って。

そこにわたしが割って入った。

『ださくないよ、可愛いよ！　わたしがつけたらもっと可愛いけど！　ほーらね！』って。

別に安芸くんの味方になったわけじゃなくて、ピンが欲しかっただけ。

だけど安芸くんはわたしにかばわれたんだって思ったみたい。

それがきっかけで遊ぶようになった。ピンも返せって言われなかったしね。

安芸くんがわたしに対する記憶がぼんやりしてるのって、多分、当時のわたしと今のわたしがかけ離れてるからだと思う。

幼稚園のときのわたしは、わがまま三昧で、横暴で、普通に周りから嫌われてて、桜子ちゃんと遊ぶのやだー！　とか言われてたからね。

なんであんな怖いもの知らずだったのか自分でも不思議なくらい。今なら絶対できないなー。

安芸くんがいきなり幼稚園に来なくなっちゃって、落ち込んで、わたし、すっごい大人しくなったんだよ。

そうしたら、ちやほやされだした。わたしが黙ってたら無害な可愛い子ちゃんだからそりゃそうなるよ。

猫かぶりのきっかけって安芸くんで、つまりわたしが今みたいな大天使ちゃんになった原因の一端は安芸くんなんだよね、実は。

まあ、そんなのどうでもいいんだけど。

でも、やっぱり小麦ちゃんにはクリティカルヒットだったっぽい。

わたしのほうが先に好きって知っちゃったもんね。

なんでそんなことにこだわるのかよくわかんない。小麦ちゃんと安芸くんが二人で過ごした時間はうんと長いのに。……それはわたしには絶対に手に入んないのに。

キスは小麦ちゃんのほうが先だったみたいだけど、でもこのままだとほかのことはわたしが先になっちゃうかもよ。いいの？

よくないよね。

安芸くんのこと、好きなんでしょ。

浮気して身を引いても、気持ちの整理なんて本当は全然できてないよね？　なのになんで我慢するの？

昨日なんか、トイレから帰ってきたら『用事ができたから』とか言ってすぐ帰っちゃったし。

なんだったの、あれ。

紹介した手前今さら本当のことは言えない？　小麦ちゃんは自分が参戦したらわたしが負けるって思ってるってことなのかな。実際そうなのかもしんないけどさ、……わたしのことそんな舐めないでほしいなー。

てか、小麦ちゃん、今度はわたしの見てる前で安芸くんにすがりついちゃうかもしれないよね。そうしたらもうごまかしようがないよ？

小麦ちゃんと対等になりたいし、安芸くんに好きになってほしい。

たったそれだけのことなのに、なんでこんな苦戦するのかなあ。

考え事したかったから一人で登校して、結局もやもやしたまま教室に着く。

「あっ！　さくらたん！」

わたしのところに、クラスメイトが駆けつけてくる。派手で美人な女の子。

小麦ちゃんと一緒にいると人は寄ってこないけど、本来この状態がわたしの普通。

基本的に、クラスの目立つ男女が集まっている輪の中心に、わたし。

話しかけたい、笑わせたい女の子。人気者の可愛い可愛い大天使桜子ちゃん。

だけど、今朝《けさ》はちょっと事情が違うみたい。

なんか知らないけど教室全体、ざわついてるしね。

「ねねね、さくらたん知ってた？」

「えー、なーに？」

どうせ誰かのゴシップ的な、くっだんない話だろうなーって思ってることはおくびにも出さずににこにこ答える。

「その反応ってことは、さくらたんも知らなかったの⁉」

だからさっさと言ってよ。もー、こういう『面白い話があるんだけど！』みたいなハードルアゲまくりの思わせぶりな話し方する子から出てくるのって、絶対つまんねー話でしょ。

「なになに、なにがあったのー？」

はー、めんどくさ。でもちゃんと驚いたリアクションしてあげなきゃね。

「あのね！」

はいはーい。

「加二釜さんに彼氏ができたんだって！」

え。

え？

あー……。

え？

は？

ごめん、リアクション、無理。

私のほうが先に
好きだったので。

第二部
高嶺の花の彼氏

WATASHI NO HOUGA
SAKI NI
SUKI DATTANODE.

1

質問形式の話題を送ると相手は返さざるをえない。会話が続いて仲良くなれるよ！　……って雑テクニックを真に受けちゃってる男子が送ってくるメッセージって、一問一答が続きがち。

たとえばこんな。

《鳩尾《はとび》さん犬が好きなの？》そうだよ！《好きな犬種は？》んー、特にないけど、おっきいほうが好きかな。《嫌いな犬種は？》嫌いっていうのはないなあ。《猫は好き？》猫も好きだよ！

……あのさー話の広げ方下手すぎない？

面接ってか尋問じみてて怖いんだけど。

これでわたしに好かれようとしてるらしいからびっくりする。こっちの話、聞く気ないじゃん。会話を途切れさせない僕！　を見せることに必死でわたしそのものに興味ないんだよね。

うへえ。てか、わたしから質問返ししてない時点で引き下がってほしい。

って思ってたんだけどなあ。

お昼休み、屋上へと続く階段で、わたしと小麦《こむぎ》ちゃんは二人でご飯。

だけど、いつもみたいに楽しくおしゃべりじゃなくて、わたしは小麦ちゃんに面接ってか尋問じみた質問を繰り出していた。

もちろん、小麦ちゃんの彼氏について。

普段の大天使桜子《さくらこ》ちゃんなら彼氏の存在を裏からうまいこと探るんだけど、じっとしてらんなかった。あーあ、ごめんね、小馬鹿《こばか》にしてた一問一答くんたち。どうしていいかわかんないとこうやって暴走しちゃうんだね。こんなことで知りたくなかったよ。

「小麦ちゃん、今日、朝一でペアダンス申し込まれたんだよね？」

「ええ」

「断わったのに相手がしつこかったんだよね？」

「ええ」

「それで『つきあってる人がいるから』って言ったんだよね？」

「ええ」

「小麦ちゃんがそんな嘘《うそ》つくわけないもん、本当なんだよね？」

「ええ」

「相手は誰《だれ》？」

「稲田《いなだ》って人」

だから誰⁉

稲田？　全然思い当たらない。去年も同じクラスとかじゃなかったし、わたしの見てる限り

で今まで小麦ちゃんに告白とかもしてきてないはず。

「下の名前は？」

「………………」

「え、知らない？」

「そうね」

「二年？」

「そうよ、同学年」

「何組の人？」

「六組……って言ってたと思う」

「なんでうろ覚えなの……？」

「ねえ、こういう話好きじゃないんだったら」

普段だったら、そっかーって引き下がるけど、これは恋バナがどうとかじゃないじゃん！

報連相の不備だよ！

「で、でもー、なんでわたしに一言も言ってくれなかったの？　ちょっと寂《さび》しいな、小麦ちゃ

んにこんな大事なこと内緒にされてたの」

「ごめんなさい、昨日の今日だし、言う暇がなくて」

「昨日の今日って……、えっ、もしかして、昨日早く帰ったのってそういうことだったの？」

「ええ」

「言ってよお⁉」

「稲田くんに告白されて、一緒に帰ったの」

「今言われても！」

小ボケじゃなくて天然でそういう返ししてくるの大好きだけど、この状況じゃ小麦ちゃん可愛《かわい》いねーってほっこりできないよ！

「……なんでオッケーしたの？　彼氏ほしい！　告白されたら誰でもつきあっちゃう！　ってタイプの子ならわかるけど、小麦ちゃんってそうじゃないよね？」

「稲田くんは、……ほかの人と違うと思ったから」

「どこが？」

「どこがって言われると、難しいけど、そうね、一目惚《ぼ》れみたいなものかしらね」

「一目で好きになっちゃったのに、下の名前、聞かなかったの？」

「ええ」

「好きな人のことって、いろいろ知りたいなーとか思ったりしない？」

「……人それぞれじゃないかしら。自分でもこういうことは初めてで、よくわからないの」

嘘くさっ。

初めての恋に戸惑う乙女っぽい言動でごまかしてるけど、絶対稲田くんのことなんか好きじゃないじゃん。

安芸《あげ》くんの代わりってこと？　安芸くんを忘れるために、新しい恋をしようって？

どうしよう。小麦ちゃんがこういう方向に動くなんて予想外だった。好きじゃない相手とつきあってどうすんの？　……って、そもそも安芸くんを最初は好きでもなんでもなかったわたしが言うなって感じになっちゃうか。

でも、だって、違うじゃん、逃げじゃん、小麦ちゃんのは。

小麦ちゃんに彼氏ができて、わたしは安芸くんを独り占めハッピーエンド、なわけないじゃん。戦わずして去るってなに？

いつになったら、わたし、小麦ちゃんと対等になれるの？

え、てか、ホント誰、稲田って。どこの馬の骨とも知らん男に小麦ちゃんの彼氏面されるの耐えられないんだけど。

「――加二釜《かにかま》さん、ちょっといいか？」

わたしと小麦ちゃんの二人きりの空間に割り込む無粋な低い声。

階段を上ってきた男子が声をかけてきた。

「……なに、どうしてここにいるってわかったの？」

「三組のやつに聞いた」

ちっ。心の中じゃなくてホントに舌打ちしたい。誰なの、口の軽いクラスメイトは。

小麦ちゃんと話してる男子は、三白眼の無表情で、喋《しゃべ》り方もぼそぼそしてて、背が高いから威圧感があって、怖い印象の人。

「あーっ、もしかして、あなたが稲田くん？」

わざとらしく驚くと、ぺこ、と軽く会釈《えしゃく》された。

なにこいつ。返事くらいしろっつの。

「聞いたよー、小麦ちゃんとつきあってるって。びっくりしちゃったー」

「……はい」

稲田は小声で答える。愛嬌《あいきょう》がなさすぎなんだけど。え、ホントわかんない。なんでこの人なの？　小麦ちゃんゴールデンウィーク明けからずっと可哀想《かわいそう》なくらい男子から言い寄られてて、でもそれってよりどりみどりだったたってことじゃん。

稲田が選ばれた理由は？

もしかして、小麦ちゃん、安芸くん以外の男は誰でも一緒だからなにも考えずにつきあっちゃってる？　大丈夫？　心配すぎ。襲われたらどうすんの。ねえ。

「加二釜さん、一緒に来てもらっていいか」

「ええ」

「ふあっ？」

びっくりして変な声出ちゃった。

わたしを置いて、稲田についてっちゃうの？

「ごめんね、桜子。先に行くわね」

わたしがぽかんとしてる間に、小麦ちゃんと稲田がそろって階段を下りていく。

なにそれ。

……小麦ちゃんは、絶対にわたしのそばにいてくれるはずなのに。

だって、一年のときに、小麦ちゃんにひどいことしちゃったけど、それでもわたしを許してくれたんだもん。だから、わたしがなにをしてもしなくても、離れていかないはずなのに。

これからは、稲田と一緒にいるつもり？　は？

わたし、『恋人』のそういうところが嫌いなんだよ。いきなり出てきたくせに、長いつきあいの『友達』より優先権持ってるみたいに振る舞うところ。

お前なんかよりその子のことはこっちのが全然知ってるってのに、ポッと出のやつに恋人ってだけで『いつもうちの彼女と仲良くしてもらって～』的な身内面されがちじゃん。ああ、考えただけでぶっ飛ばしちゃいそうになる。

稲田そういうタイプでしょ？　ご飯の途中で連れてくってなにマジで？　恋人の所有権アピール？　うざいうざいうざい、ホントやだ。

小麦ちゃん、なんで稲田なんかとつきあうことにしたの？

2

私は、脅迫を、されている。

――というのはほんの五分後に勘違いだった、とわかるのだけど。

桜子と別れて稲田くんのあとについていってるときは、その事実をまだ知らなくて、ひたすら怖かった。

そもそもの始まりは、昨日、トイレに行くと言って部室から出たとき。

『加二釜さん』

私に声をかけてきたのは稲田くんだった。といっても、その時点では誰だかわかってないんだけど。

『……なに』

まるで部室から出てくるのを待ち構えていたのかようなタイミングに警戒した。

『ちょっと一緒に来てもらえないか』

ペアダンスの誘いなのかと思った。最近それで話しかけられることが多いから。もしかしたら賭《か》けの対象にでもなっているのかしら？　私がうなずいたら勝ちとか。だとしたらすごく悪趣味。

『用件があるならここで言って』

誰かに見られるかもしれないのが恥ずかしい？

でも私が彼の面子《メンツ》を守る義理はない。

『……加二釜さんと部長のことなんだが。ここで言っても平気だろうか』

『え？』

『ゴールデンウィーク中、俺《おれ》は学校に所用があったんだ。……それで、報道部のカーテンが開いてて、窓から中が丸見えだった』

『……え？』

一瞬なにを言われているのかわからず、反応が遅れた。

『見た』

端的に言われてようやく、まずいことになったと気付いた。動揺をそのまま顔に出してしまったと思う。なにを見たの？　としらばっくれても白々しいだけだ。

私は大人しく稲田くんのあとについていった。

稲田くんは適当な空き教室に入った。

『俺は六組の稲田だ』

『六組……？』

『ああ。なにか問題が？』

『なんでもないわ。用件を言って』

確か、桜子のストーカーの女子も六組だったような。

だからか、厄介事を持ちこまれる予感が強くなった。

『さっきも言ったが、ゴールデンウィークの部室で――』

稲田くんは単刀直入に本題を切り出してきた。

『報道部の部長とキスをして抱き合っていただろう。きみは部長が好きなのか』

やっぱり目撃されていたのはそれだった。

浮気《うわき》じゃないの、諦《あきら》めるための三日間の恋人だったの、なんて言っても、それは私の心の問題で、世間には通用しないことはわかっている。

『……あなたに関係ないでしょ』

『親友の鳩尾さんと部長がつきあってることをきみは知らないのか？』

『……知ってるに決まってるわ』

あれだけ噂《うわさ》になったんだから、今や誰でも知ってる。

『──そうか。俺は、見たことを黙っておいたほうがいいか？』

瞬間。

脅されているんだって思った。

自分は桜子に告げ口ができるんだぞって言ってるんだ、この人。

下卑た笑いでも浮かべてくれていたほうがまだわかりやすい。稲田くんの表情の乏しさが、かえって恐ろしかった。

でも仮に告げ口されたとして、稲田くんはでたらめを言っているのよ、と私が言い張ればどうだろう。桜子は稲田くんと私のどっちを信じる？

人間関係を引《ひ》っ掻《か》き回すのを楽しむ人間はどこにでもいるでしょ、仲のいい女子二人が争うのを見て高揚するタイプなんじゃない？ ──とかなんとかでたらめを言う。

桜子のことだからきっと見知らぬ男子より私の言葉を信じてくれるはずだ。

だけど。

わたしはぼろを出さずにいられるだろうか。真実を言っている稲田くんに冤罪《えんざい》を押しつけて、でも少なからず桜子に疑惑の種を植えつけて、そのあとで、私は何食わぬ顔をして桜子の隣にいられるだろうか。

今でさえ薄氷の上を歩いているようなものなのに、そんなの不可能だ。

黙っていてもらうしかない。

すぐに言いふらさず、わざわざ私に言いにきたということは、なにか狙《ねら》いがあるはず。

『お金が欲しいの？』

『ええと、なんの話だ』

『こっちの台詞《せりふ》よ。なんのつもり？』

『なんのつもりって、俺はただ、加二釜さんが好きなんだ』

『……私とつきあいたいってこと？』

『え？　あ、ああ、そうだな』

この下衆。

私のほうから言いだすと思ってなかったのか、稲田くんは少しひるんでいるみたいだけど、否定はしなかった。最低。

だけど、これは自分でまいた種。三日間に置いてきたはずのかりそめの恋人に足元をすくわれる。うかつな自分の行動を死ぬほど後悔する。でももう遅い。

『わかったわ。今から恋人同士ってことでいい。荷物を取ってくるから一緒に帰りましょう』

『お？　うん、ああ……』

つきあううえでなにを要求されるのか。

帰り道で戦々恐々としていたのに、稲田くんは終始無言だった。

稲田くんが自転車をひく隣を歩いていたけど、本当に、一言も、駅前のロータリーで別れるまでなにも話しかけてこなかった。


「……それで、なんの話?」

昨日は沈黙を守っていたのに、なんで今日になって桜子との昼食を邪魔しに来たの。また空き教室に連れてきて、一体なんなのよ。

私は脅迫されている立場だけど、必要以上に屈するつもりはない。

……もちろん、怖いけど、怯《おび》えていることを表に出したら図に乗られるだけ。

うんと小さな頃、『ナントカくんが小麦ちゃんのこと好きなんだって!』『エロだよね!』『かーえーせ! かーえーせ!』とか数人の女子に囲まれて言われなき中傷を受けたことがあった。

だから私はびくびくしてると相手が調子に乗るって知ってるの。

毅然と対応すれば優位に渡り合えることだってあるんだから。

でも、力ずくで来られたら、とか最悪の事態が脳裏《のうり》によぎる。密室って恐怖でしかない。なにかあったら逃げられるようドアまでの導線をさり気なく横目で確認する。

「きみに彼氏ができたって噂が広まっているが、あれは俺のことなのか?」

「ほかに誰がいるのよ」

「いや、実感がない——というか、昨日は夢みたいで呆然《ぼうぜん》としてしまっていたが、なぜ俺とつきあう気になったんだ？」

「は？　脅しておいてよく言うわね」

「え？」

稲田くんはきょとんとしていた。なによその悪意がありませんでしたみたいな顔は。

「つきあわなければ桜子に私と安芸とのことをばらすつもりなんでしょ？」

「あ、……え、ええ？　俺は脅迫していたことになっているのか？」

「そうじゃなかったらなんなのよ」

「俺はきみが部長に二股《ふたまた》をかけられているのかと思っていた。それを知らないのかと。だから鳩尾さんと部長の関係を教えようと思ったし、もし部長を詰めるなら協力しようと思った」

……復讐《ふくしゅう》の手伝いの申し出ってこと？

「しかしきみは鳩尾さんと部長がつきあってると知っていたと言うから、予想外で、少し固まってしまったんだが……」

「そう……。私の勘違いってこと？」

拍子抜けしてしまう。この人、不器用すぎない？　そんなの行間からもまったく読み取れなかったわよ。でも、脅してたわけじゃなかったのならよかった……のかしら？

見られたことには変わりがないのに。信頼していいの？

「その、言葉が足らず、変に誤解を与えたみたいで、すまなかった。怖がらせるつもりはなかった。——脅迫したつもりもないし、言いふらすつもりもないから、俺の言いなりにならなくていい。俺とつきあう必要はない」

稲田くんは、腰で二つに折りたたんだみたいに深く頭を下げた。

「部長にも誤解されたら困るだろう。……今は俺と部長と同時につきあっていることになっているのか？」

「……安芸とはつきあってないわ。二股をかけられているわけじゃない」

「なのにキスをしたのか？」

「そうよ」

「部長はきみのことを好きじゃなくて、体目当てということか？　いいのか、それで。ひどいやつだな」

「安芸は悪くない。私が無理を言っただけ。安芸だってしたくなかったでしょうよ。……私が大事な友達の彼氏に手を出す不届きものってだけよ」

「よくわからんが……、じゃあ、きみはこれからも鳩尾さんに内緒で部長とそういうことをするつもりか？」

「そんなわけないでしょ⁉」

思わず声を荒げてしまった。

心の奥底にある醜い願望。

できることならそうしたいという気持ちを見透かされたように感じたせいかもしれない。

「どういう事情があるのかよくわからないが、きみは部長が好きで、でも部長と親友が相思相愛で、きみは奪うつもりもなくて……、そんなんであの二人といるのはつらくないのか？」

「そんなの……」

私が唇を嚙《か》んだ。つらいに決まってるけど、なにも言いたくない。

「その、俺とつきあっているふりをすればいいんじゃないか？」

「は？」

「俺が忘れさせてやるなんて威勢のいいことは言えないが、彼氏ができたという理由があれば、二人から離れても不自然じゃないだろう」

「え？」

「ああ、いや、きみが部長と鳩尾さんと一緒にいたいなら別に気にしないでくれ」

——離れたい。

反射的にそう思ってしまった。

私は桜子とずっと一緒にいたい。そのために離れたい。玄《げん》を好きじゃなくなるまで距離を置きたい。でも。

「あなたになんの利点があるの？」

「俺はきみが好きだから、きみの力になれたらうれしい」

真摯《しんし》な言葉。

だけど、この人の口から聞きたい単語じゃないのに、と思ってしまう。

「私、あなたに好かれるようなことをした記憶がないのだけど」

「ひどい靴ずれをして立ち尽くしていたとき、きみから絆創膏《ばんそうこう》をもらったことがある」

「……覚えてないわ」

「そうやって親切を当然のこととしてやっているのがいいと思う。もらった絆創膏がピンク色でウサギのキャラクターが描いてあった。きみのクールな見た目とのギャップがよかった」

「それは妹用に持ち歩いているものだから、別に私の趣味じゃないわ」

「妹さん用にか。面倒見がいいんだな」

なんで好感度が上がるのよ。ほんわかしないで。感心されることでもないでしょ。

「……え、というか、それがきっかけ？　そんなことくらいで？」

「そんなことくらいでだ」

稲田くんは大真面目《まじめ》にうなずいた。

「俺はそこからきみを目で追うようになったし、綺麗《きれい》だなといつも思っていたし、表情が出ないところに勝手に親近感を覚えるようになったんだ。……だから、まるできみのためにみたいな言い方をしたけど、本当は俺のためだけでしかないんだ。恋人のふりでも、きみとつきあえたらうれしい」

偽物《にせもの》でもいい。ひとときでもいい。

まるで連休中の私みたいなことを言っている。だから気持ちはわかる。――けど、それは今の私のように結局満たされずに苦しむことになるんじゃないの。

「……結局、見返りが欲しいんでしょ」

「見返り？」

「その、……あわよくばって、……性的なこととか……」

さすがに言いよどむ。だけど、どうせそういうことなんじゃないの。

稲田くんはじっと黙っていた。まさか私の発言に含まれてるものがわかってない……？

訝《いぶか》しんでいたら、十秒くらい経《た》って、いきなり、稲田くんの顔が真《ま》っ赤《か》になった。

「ちょ、……ちょ、っと、待ってくれ……」

稲田くんはよろついて、目元を大きな右手で押さえる。深呼吸を繰り返して、しまいには咳《せ》き込《こ》んでる。

なにこの人。見た目に反してとんでもなく純情なの……？

「……そういうことを考えないと言ったら嘘になるが、きみの意思を無視してそんなことをするつもりはない」

「そう……」

「信用がないなら、ネットで男性用貞操帯でも買う。いや、十八歳未満に売ってくれるだろうか？」

「知らないし、いらないわよ……」

本気でなにもするつもりはないらしい。

それにしても、稲田くんって、言わなくていいことまで馬鹿正直《ばかしょうじき》に口に出して——まるで誰かさんみたい。

嫌だ。なんでも玄に結びつけて考えてる。この人は稲田くんなのに。玄とは別人。

ああ。

そうだ。別の人。

これは状況を打破するための方法。

私にほかに好きな人ができればすべてが解決する。

どうしてこんな簡単なことに気付かなかったんだろう。どれだけ玄しか見てなかったのよ、私は。

「加二釜さんのつらいことがなくなればいいと思う。好きな子が悲しい顔をしなくなる、俺にとってはそれが見返りだ」

目の前には、おあつらえ向きに、私のことを好きな、好都合の男子。

人の好意を利用するのは最低なことだ。だったら、利用じゃなければいい。日に日に玄のことを好きになった。私には友達が少なくて視野が狭かったのかもしれない。世間知らずで、玄が一番なだけ。ほかを知らないだけ。……知らないことは知っていけばいいだけ。

「ふりじゃなくて、いいわ」

最初は脅迫だと早合点して流されたかたちだったけど。

今は、自分の意思で決めた。

「――おつきあい、しましょう」

3

去年の体育祭の進行台本を流用して本年度用に作り直す。

この台本作りってのが案外曲者《くせもの》で、体育祭実行委員から各競技の出場生徒の名簿をもらって、そこから花形競技に出る生徒の実況ネタを取材して収集して、と、地味に手がかかる。

とはいえまあ、一から作るわけじゃないから難しいものではないし、根を詰めるほど膨大な量でもない。

「ううう……」

俺の説明を聞いていた鳩尾さんが唸《うな》る。

「取材なら小麦ちゃんにしたいよぉー……」

今日も今日とて放課後の部室。

朝からクラスをにぎわせていた張本人であるところの小麦の姿はここにはない。バイトの日だからだ。

「えーと、加二《かに》の彼氏のことが気になってるの？」

俺はなんでもないことのように言った。ここでわざとらしく『なんの取材？』とか聞いたらかえってあやしいだろう。

小麦の彼氏。

本人からはまだなにも聞いていない。正直、根拠のない噂が独り歩きしているんだと思った。だが、さっき、部室で聞いた鳩尾さんの証言で、現実だと知った。

頭が真っ白になった。

俺は小麦に彼氏なんてありえないと思っていたってことだ。自分の傲慢さに気が遠くなりそうだった。

「気になるよー！　だって、いきなりだよ？　小麦ちゃんが恋バナは好きじゃないって知ってるけど、もうちょっと事前に教えてほしかったなっていうか。安芸くんだってそう思わない？幼なじみなんだし！」

「いやあ……、別に、俺は加二が誰とつきあおうと関係ないからなあ。前も言ったけどそういう距離感じゃないんだって」

「えー⁉　ででも、相手のこと、気になるでしょー⁉」

「そこまで興味ないかなあ……」

大嘘だ。

気にならないわけがない。

だけど俺になにを言う権利がある？

まして不服なんか申し立てられる立場にあるか？　ない。微塵《みじん》もない。

そもそも不服ってなんだ。

小麦は俺の所有物じゃないし、自分のものが取られた気分になる資格もないし、つきあう気もないのにずっと俺のことを好きでいてほしいと願うのは身勝手すぎるし、俺への当てつけかもしれないと邪推するのは下品だし、自暴自棄になってるのかもと心配するのは小麦がほかの男にいくのを納得していない矮小《わいしょう》な自分から目を背《そむ》けてるだけだし……。

去年漫研と一緒にＺＩＮＥ《同人誌的なもの》を作ったとき、なんかの拍子に『報道部部長さん！　ハーレムラブコメはね、出てくる女の子はみんな主人公のものなんです！　サブヒロインが主人公に振られたからってほかに彼氏とか作ったら読者から総叩きなんですよ！』と評論家然として言ってきた女子に『そうなんですか？　俺、漫画って憑依《ひょうい》より俯瞰《ふかん》で読んでるからかもしれないけどそんな気にならないですけどね。つうか、それ、サブヒロインに意思はないってことですか？　可哀想じゃないですか。主人公最悪ですね』とか笑い交じりで返したけど、なんでだろうな、今なら、漫研女子の言ってる意味がわからないでもない。

なんでだろうなじゃねえよ、俺は主人公気取りだし、全部俺のもの思考のクソ野郎だし、小麦の意思を認めたくないってことだし、いやだめだろ、それはだめだろ、だめだってわかってる、わかってるから、俺はぐるぐる考えたあげく結局なにも言えない。

だからもういっそ相手のことも聞きたくない。

「あのね、稲田くんっていうんだって。二年六組の稲田くん。安芸くん、知ってる？　あっ！確か人数の関係で六組の男子って三組と体育一緒だったよね⁉　どういう人⁉」

「ああ、稲田なんだ……」

聞きたくないと思った矢先に容赦のないネタバレ。

ぼんやりとしていた小麦の彼氏という概念。具体的な姿かたちを与えられて、俺の胸は性懲《しょうこ》りもなく苦しくなる。

「二人一組とかで組んだことないし、わかんないよ。かなり寡黙って印象くらいだなあ。同じチームに分かれたときもあったけど、あんま喋らなかったたし。でも協力してくれないってわけじゃないし、まあ逆に率先するってこともなかったけど……、普通の人だったよ」

「むむむ……、そっかー」

腹の底から妬《ねた》みが湧《わ》く。気づかないふりをして早口でごまかす。

普通の人、だと？　自分で言ってダメージを受ける。

もっとこう、すっげえイケメンで、とか、すっげえ性格明るくて、とか、すっげえ頭よくてすっげえ運動できてすっげえセンスよくてすっげえスタイルよくて……そういうのだったらまだ自分の心が守られた気がした。

見るからに俺より上位なら。……最悪だ、人と比べて。

……なんで小麦が普通のやつとつきあうんだよ。

次の恋に進もうとしたドンピシャのタイミングで告白でもされたのか？

いや……、そういえば、姉ちゃんが言っていたことがある。

――あたしの先輩でさ、高二から十年つきあってた相手がいたんだけど、なんかあって別れたあと、次に出会った人と半年で結婚してたよ。あるあるだわー。

あるあるらしい。長年つきあった彼氏と別れたあとに即結婚、的なエピソードは。

馬鹿でかい喪失感を抱えているタイミングで出会った新しい相手。心の穴を埋めてくれる人。そんなの猛スピードで好きになるに決まってる。

小麦にも似たようなことが起こっているとしたら？

もはや俺のことは関係なくて、次の相手のことをもうとてつもなく大好きになっているかもしれなくて、だから小麦に彼氏ができても全然いいんだ。

あ？　いいってなんだ。なに許可出せるポジションにいるって勘違いしてんだ。俺の許可とか必要ないんだって、だから。事実をただ受け止めるだけだ。小麦に彼氏ができた。はあそうですか。終わり。これだけのことなんだよ。

考えるな、もう。

どうせかかわることはないんだし。

「──ねえ、安芸くん。いえ、部長」

「なんで言い直したの？」

「体育祭までの段取りっていうのは、どんな感じでしょーか」

「え？」

「一日も休めねえな！　って感じでしょーかっ」

「いや、そんなブラック部活じゃないから」

「放課後デートとかできる日あるでしょーかっ？」

「あるけど……」

やっぱり報道部は愛欲の巣じゃねえかって第三者から難癖《なんくせ》つけられそうではあるが。

まあ例年報道部自体は毎日活動しているわけではないのだから、今年も一日休みが発生するくらい問題ない。

でも、あれだけ小麦の彼氏に言及していたのに、急にどうしたんだろう。

「よーしっ、じゃあ、四人でデートしよっ！」

「……えっ、はっ、四人？」

「そそ。ダブルデートだねっ。小麦ちゃんと稲田くんと一緒に！」

鳩尾さんはいつもよりもにこやかだ。不自然なほど。

「……鳩尾さんさ、あ、いや、桜子さ、稲田がどういうやつか探ろうとしてない……？」

「シテナイヨー」

「してる人の答えだねえ……」

むー、と鳩尾さんは唇を尖《とが》らせる。

「だって、わたし、小麦ちゃんの相手のこと、ちゃんと知りたいもん」

「桜子にはそのうち正式に紹介してくれるんじゃないの？」

「そうかもしれないけど……。でも、心配なんだもん……」

鳩尾さんは胸元《むなもと》できゅっと拳《こぶし》を握った。

そりゃあ親友がいきなり見知らぬ男とつきあいだしたらな。

大きなお世話といえばそれまでだが、自分が親しくしていた人間が、突如として自分と離れた人間関係を広げようとしていたら、不安にもなろう。小麦のように交友関係の狭いタイプであれば余計に。

「鳩尾さん、本当に加二のこと大事なんだなあ。俺より加二のが全然好きでしょ」

素朴な感想を口に出した。

小麦ちゃんのことばっかでごめんね、とかダブルデートを諦めてくれるかなという期待もあった。俺は四人で遊びたくなんかない。

「うー……」

でも、鳩尾さんは唸るだけだった。恋人と親友って比較するもんじゃないでしょ、なに言ってんの？　と呆《あき》れられたのかもしれない。

それなら別方向から計画を崩すしかない。稲田が信用置けるって言えばいい、のか？

「まあでもさ、加二がつきあうくらい好きな人なんだから、大丈夫、だろ」

言った瞬間、あーあーあー、聞きたくない。と叫び出しそうになった。喉《のど》の奥からせり上がりそうになる声を必死に抑える。

「ちゃんとした人なら、それはそれで、わたしも親友として仲良くしたいし、どっちにしろお近づきのダブルデートだよね？」

なに言っても会話が分岐しないな……!?

鳩尾さんの中ではもうダブルデートが決定事項になっている。

俺は、小麦と稲田が一緒にいるところを見なくちゃいけないのか？

とてつもない拒否感。

だがそんなもの断ち切らなければならない。小麦への想《おも》いを持っていてはいけないと自分に思い知らせるには、ちょうどいい機会なのかもしれない。

「……ちなみに、どこに行くつもり？」

俺の返事を承認と受け取ったのか、鳩尾さんはぱっと笑顔になった。

「セッティングは全部わたしに任せてっ！」

4

「第一回っ！　ガチ歌選手権っ！」

バラエティ番組みたいなタイトルコールをして、しゃららら！　と元気よくタンバリンを鳴らす鳩尾さん。

放課後、四人でカラオケボックスに来ている。

ソファで隣り合う俺と鳩尾さん、机を挟んで向かいに小麦と稲田。二組のカップル。

有言実行。言い出してから数日でダブルデートが実現。宣言通り、すべて鳩尾さんのセッティングだ。小麦も稲田もこういうの好きじゃなさそうだし、どうやって言いくるめて連れてきたんだろう……。鳩尾さんの交渉術、報道部に寄贈してもらうべきなんじゃなかろうか。

しかし。

「選手権……？」

声を出したのは俺だが、向かいの二人も俺と同じように首を傾《かし》げていた。

「ルールは単純っ！　カップルに分かれて、六十分いっぱい歌って、総合点数が高いほうが勝ちっ！　勝ったカップルには体育祭のペアダンスで踊る権利が贈られますっ！」

「ああ、そうか、ペアダンスの件、一回白紙に戻すべきか……」

「うん。小麦ちゃんが実況引き受けるって言ってくれたときとは状況が違うでしょ？　こういう勝負ごとのほうが恨みっこなしって感じになるかなーって。そーだ、あのね、稲田くん、報道部は体育祭ではね――」

　事情を知らない稲田に鳩尾さんが簡潔に説明している。

「……別に私はペアダンスに参加できなくてもいいのだけれど」

　小麦が身もふたもないことを言う。

「もー！　小麦ちゃんってば！　すぐそうやって一歩引く！　青春の思い出だよ⁉　あのとき恥ずかしがらずにやっておけばよかったー！　って思うよ絶対」

「だからそんなに楽しみなら譲るわよ。安芸と桜子で青春の思い出作ればいいでしょ」

「そういえば、小麦ちゃんに彼氏がいることはみんな知ってても、誰かってことは知らないもんね。ペアダンスに出なくていいって、そういう理由もある？　……稲田くんとつきあってるって、あんまり知られたくないの？」

「そんなんじゃないわよ」

「じゃあ、むしろペアダンスでお披露目《ひろめ》！　って感じにしちゃうの、いいんじゃない？　あのさ、わたしは自分のうっかりミスで安芸くんとつきあってること広まったけどさ、あれ、今となっては……よかったかなあとか思ってるんだよね。もちろん、いろいろ迷惑はかけちゃったんだけど、それでも」

そう、なのか？　知ってもらいたいものなのか？

「安芸くんが周りに言ってくれないのってわたしとつきあってるのが恥ずかしいのかな？　とか、すぐ別れるつもりなのかな？　とか卑屈に思ってたときもあったから。だから、みんなに安芸くんがわたしの彼氏ですって言えたの、すごくうれしかった。そういう気持ち、――ないの？」

「……見世物みたいになるのは嫌だと思う」

鳩尾さんはずっと小麦に話しかけていたのだが、答えたのは稲田だった。飲んでいたメロンジュースをトン、と置く。可愛いの飲んでんな。どうでもいいけど。

「稲田くんが？」

「俺も目立つのは好きじゃないが、加二釜さんが、だ」

「うーん、わたしがもし小麦ちゃんの彼氏だったら自慢したくなっちゃうけどなー？　こーんな可愛い彼女がいまーすって！」

「もちろん、加二釜さんは綺麗だ。だけど、俺のステータスを上げるための道具じゃない」

「そもそも私にそんな力ないわよ。稲田くんは過大評価しすぎ」

「加二釜さんの自己評価が低すぎるんだ」

「そう。……ありがとう」

「へええー……?」

驚くほど穏やかに話す小麦に、鳩尾さんが目をすがめる。

稲田の言葉は誠実な人物像が伝わる立派なものだ。だけど鳩尾さんはどこか不服そうに見えた。

なんとなく、鳩尾さんが稲田から失言を引きだそうとしている気がした。彼女がそんな意地悪なことをするはずがないから、無意識なのかもしれないが。

鳩尾さんは親友の急な変化についていけてないのだ。

稲田が嫌なやつであってほしい。

そうすれば稲田を小麦から引き剝《は》がす正当な理由ができるから。

……いや、考えすぎか?

これは、鳩尾さんの気持ちを想像してるんじゃなくて、俺の気持ちなんじゃないのか?

だって、稲田が小麦の体目当てだとか、ゲスい目的で動いていたら、そりゃもう気持ちよく糾弾できたもんな。正義は我にあり! と、あんなやつやめとけ! と大手を振って言える。

最悪だろ。自分は想いに応《こた》えられない、でもほかの男に渡したくない。姉ちゃんならこう言う。処すよ。そうだよな。わかる。そんなやついなくなったほうがいい。

考えてもみろ。小麦はつきあう相手なんて誰でも選べたはずなのに、稲田を選んだんだぞ。

ということは稲田にはなにか評価すべき点があったんだろう。あら探しはやめるべきだ。

「えー、でもせっかくカラオケ来たしなー。あっ、マイクあるからインタビューの練習とかすべきじゃない⁉」

マイクチェックワンツー、と鳩尾さんは少しおどけてマイクテストをした。

「じゃあ、小麦ちゃん。稲田くんの好きなところ、教えて？」

そのまま小麦にマイクを向ける。

「ほかの人とは違うってばっかりで、小麦ちゃんてば全然教えてくれないんだもーん」

「だから私恋バナは……」

「好きじゃないんだよね？　でも、どーしても知りたいなー。だって、小麦ちゃんの初彼氏なんだよ⁉　ちょっとはそういう話したくなるでしょ⁉」

でしょ⁉　ともう一度鳩尾さんが強調する。……本当は初めての彼氏じゃないんだけど、まさかそれを指摘するわけにもいくまい。

「小麦ちゃん、もしかして、ないとか言わないよね？」

「あ、あるわよ」

小麦はジンジャエールで喉を潤してから、口を開いた。

「さ、さっきみたいに真面目なところ。えーと、それから——……、なにを考えてるのかわかりにくい表情とか、あと、そうだ、視力がいいところ、黒髪も好きなの、実は」

俺と反対のところばかりを小麦が列挙するので、少しいらついてしまった。

「ええー？　視力がいいってそんな評価ポイント？」

「一番は、……私のことを好きなところ」

「えっ、好きになってくれたから好きになったってこと？」

「そうよ」

俺はお前のことを好きと言ってなくても、お前は俺を好きだったのに？

じゃあ、もし、俺がお前のことを今もまだ……好きかもしれないって知ったらどうなる？

それでも稲田が好きなのか？

……馬鹿かよ。なに虫のいいこと考えてんだ、俺。

「えー……、なんかそういうの小麦ちゃんらしくないっていうか」

「そもそも細かく他人にべらべら言うようなことじゃないだろう。加二釜さんの気持ちは俺だけが知っていればいい」

稲田が鳩尾さんの疑問を遮《さえぎ》る。

「……そういうことよ？　桜子だから特別に言ったけど、私の中だけに秘めてるの。その、大事な気持ちだから」

そんなの聞きたくない。俺は、じゃあしょうがないな、と小麦にかぶせて言う。

「鳩尾さん、やっぱりペアダンスには俺らが出よう」

「それはうれしいけど～……」

不戦勝はお気に召さないのか、鳩尾さんはマイクを置きながらも、もにょもにょしている。

「――でもそうだねっ、もーっ、こうなったら全校生徒に、わたしと安芸くんのラブっぷりを見せつけちゃおっか？」

「え、あ、ちょっと」

気持ちを切り替えようとしたのか、鳩尾さんは大げさなほど明るく言った。俺の腕にぺたりと寄りかかってくる。

人前だ、と少し焦《あせ》った。だが、俺の小麦に対するふらちな気持ちに気付かれたくなくて、ラブっぷりとやらを受け入れることにした。

「でも俺と鳩尾さんのペアダンス、普通に美女と野獣だなとかは言われそうだな」

「おーっ、美女って言われた！　照れますなー」

「いや鳩尾さんを美女って思わんやつとかおらんだろ。……どっちかつーと俺が野獣ってほどワイルドじゃないな」

「あはは、野獣から王子様に戻ってがっかりしたって言う人結構いるもんね、あれ。わたしも王子様よりもふもふのほうがいいなーって思う」

「美女と眼鏡《めがね》だな！　だと思う、言われるとしたら」

「えー眼鏡って悪口なの？」

「ぱっとしないやつの代名詞として連綿と使われてるイメージだけど」

「えー、眼鏡男子いいのにー。わたしは安芸くんの視力悪いとこ好きだよ？　んー、でも安芸くんは眼鏡取ってもいいんじゃない？　おっ！　ほらほらぁ、どっちでもかっこいいよ」

「こら、桜子。返して、眼鏡」

「やーだ」

「マジで見えんから。俺、遠くにあるドラム缶を人間と見間違えるレベルだから視力」

「ほんと？　これ何本？」

「二本。いやここまで近いとわかるから。返しなさいって」

――んんっ、と突然の野太い声でのわざとらしい咳払《せきばら》い。

稲田のものだった。

自分の体勢をふと見る。手を伸ばして鳩尾さんが持っている眼鏡を奪い返そうとしていたら、もはや抱き合っているようなかたちになっていた。

しまった。鳩尾さんだけに集中していたらとんでもないことになっていた。そりゃ注意もする。

ちらりと小麦を窺《うかが》うと、その視線はひたすらにカラオケ画面の音楽番組に向かっていて、そもそもこっちを見てなかった。

……だから小麦のことをいちいち気にするなっつの、俺。

ええと、と俺は少し気まずくなりつつも仕切り直す。

「せっかくカラオケに来たんだし、普通に歌うか?」

「いや」

稲田がきっぱりと否定した。

「なんだよ、帰るのか?」

「違う。——やっぱり、ペアダンスをかけて勝負したい」

稲田の答えに、俺と鳩尾さん、ついでに小麦も、え、と声を上げる。

「いいか? 加二釜さん」

「え、あの、……いいけど」

「よし、頑張ろう」

稲田は事後承諾を取って、デンモクを操作し始めた。小麦は戸惑っている。……本当にいいのか? 勢いに流されてないか? 全校生徒の前で稲田が彼氏だと喧伝するのか? ——とか聞く立場にないので、俺は口をつぐむしかない。

「えー、なになにー。稲田くん、どういう心境の変化~?」

勝負ができるのがうれしいのか、鳩尾さんがにこやかに稲田に話しかける。

「いや別に」

「もー、実はさっきの強がりだったってこと? まーいいや、じゃあ始めよっかー!」

というわけで。

二組に分かれてチーム対抗の採点ゲーム機能を使うことにした。

鳩尾さんがじゃんけんに勝って先攻を選んだので、鳩尾さんが一番手、次が対抗チームである小麦、さらに俺に戻って、最後に稲田、と歌う順番が決まった。

「改めていくよーっ！　第一回っ！　ガチ歌選手権っ！」

採点ゲームは歌う都度点数が出る。

国民的アイドルの歌をそつなく歌いこなす鳩尾さん。手振りつき。九十三点。

ただのカラオケボックスだってのにまんまアイドルがそこに立ってるようで見惚《みと》れてしまった。

そういえば、体育祭で、鳩尾さんは応援合戦に出るんだっけな。クラスの精鋭――もとい目立つグループが集まりがちな応援合戦にスカウトされて引き受けていた。まあこんだけ華のある人なら周りが放っておかないからな。

……そんな子にペアダンスを一緒に踊りたいって言われてるんだからカップル冥利に尽きる。俺だって気合を入れて挑まなきゃな。いいかげん小麦から離れるんだ。

だから。

妹と一緒に見ているのか、朝の女児アニメの主題歌を歌う小麦には興味のないふりをした。

八十七点。稲田が無表情でぱちぱちと手拍子を打っていたから、別に俺の反応なんていらないだろう。

続いて、自分に声質が近いので歌いやすいアーティストのヒット曲を歌う俺。八十九点。鳩尾さんがかっこいいよ！　とおだててくれてちょっと照れた。

そして。

稲田の番になった。

最初にデンモクを手に取っていた稲田だが、実は慣れていないらしく、小麦に手伝ってもらって曲を入れていた。その姿を見ているのもなんだか嫌で、俺はウーロン茶を飲んで目を逸らす。

そこそこの時間をかけて稲田が選んだ曲は、俺らが小学生の頃に流行《はや》っていたドラマの主題歌だった。一度聞いたら口ずさめるくらいのわかりやすい曲だ。

敵ながらナイス選曲。これなら確かに高得点が出るかもしれない。

──と思ったのだが。

「っ──……」

稲田は、息を吸って、そこで止めた。吐きださなかった。歌わなかった。

「え、どしたの、どしたの？」

伴奏だけが流れる中、鳩尾さんが稲田に聞く。

「いや……。その……。恥ずかしくて」

「ええ？　歌うのが？」

「いや、その、歌う歌わない以前に、人前で大きな声を出すのが無性に恥ずかしいんだ……」

稲田は少し赤面していた。

知らなかった。普段寡黙とはいえ、今この瞬間も日常会話は普通に交わしていたし、気付きようがない。しかし言われてみれば、体育の授業でも遠く離れた相手に声掛けしてるとことか見たことないな。

「ええっ？　そうだったのー？　なんで？」

「どうも引っ込み思案で。……情けないな」

「別に誰だって苦手なことくらいあるでしょ？　気にすることないわ」

小麦がすかさずフォローをする。

人には得手不得手があるって当然俺も同意見なはずなのに腹が立つ。なんでお前が小麦にそんな優しくされて——って、だから、本当にいいかげんにしろよ俺。

「ええええっ、言ってよー！　カラオケ勝負なんて、わたしがすっごい意地悪みたいじゃん！　カラオケの採点って特殊だからうまくてもそーでもなくてもいい感じに平等かなーとか思っただけなんだよー」

「わかってるわよ、桜子がそんなこずるいことするわけないじゃない」

「稲田、なんで黙ってたんだよ？」

「いや……火事場の馬鹿力《ばかぢから》に期待してしまった」

は？

「人間は普段脳の一割しか使ってないとよく言うだろう。追い詰められればそれが全部解放されて俺も大声を出せるかと」

「それ嘘だからな」

食い気味に言ってしまった。

「嘘？」

「人間の脳みそは一割しか使ってないってやつ。嘘っていうかファクトイドだな。日本語に訳すと疑似事実ってとこかな」

「疑似事実……？」

「報道とかの影響で、無根拠なのに一般大衆に根付いちゃってて、なぜか事実として信じられてるもののこと。脳みそ一割はまさに疑似事実の代表例。大声出したいなら自分の意思でどうにかするしかないと思うぞ」

「そうか……」

なにマウント取ろうとしてんだ？　しかも報道部の先輩から教わったどうでもいい知識で。……稲田のことが気にくわないから？　自分がしょうもなさすぎてすり減る。

「へー、それ、わたしも本当のことかと思ってたよ。でも言われてみれば確かにいつ知ったんだろ、一割しか使ってないってテレビとかで見たのかなー?」

「って人が多いから疑似事実になるんだよ」

「……うわあー。なんか怖いねー? 疑似事実かー。みんなが事実だと思ってたものが真っ赤な嘘とかさ、世の中のもの全部疑っちゃいそうだね」

ガタン。

「あっ、ご、ごめんなさい」

小麦がジンジャエールを倒した。少し残っていた中身がこぼれて机の上で水溜《みずたま》りを作る。

「わー、小麦ちゃん濡《ぬ》れてない? 平気?」

その場にあったおしぼりやら紙ナプキンを総動員して事なきを得る。

なにに動揺したんだよ、小麦。なにか嘘でもついてるのか?

——稲田を好意的に見てるのが嘘だとか?

なんてな。

都合がよすぎる妄想ばかりで、俺は本当にいつになったら前に進めるんだろう。こんなにうじうじしてたら、鳩尾さんにも申し訳ない。

「おかわりは同じのでいいか?」

「え? あ、ええ」

「取ってくる」

稲田が小麦のグラスを持って素早く外に出る。小麦に、そんなの自分で行くわよ、と言う隙を与えない。細かいところで気を使える男である稲田がしゃらくさい。

「わたしもおかわり行ってくるー！　安芸くんは大丈夫……そうだね、まだ残ってる」

「あ、ああうん」

鳩尾さんも元気よく稲田に続いた。

つまり。

……………小麦と密室に二人きりで残されてしまった。

◆◇◆

「稲田くーん。わたしも来ちゃったよー」

「ああ、……どうも」

ドリンクバーの機械の前でジンジャエールを補充してる稲田に合流。

こいつ、気が利《き》くようで利かないなー。あの状況ならほかのグラスも見るでしょーが。現にわたしのグラスが空っぽだったんだし。もしかして彼女のために動く紳士的な俺ってドヤってる？　気遣い足らないくせに？　全然だめ。こんなやつに小麦ちゃんのこと任せらんない。

ま、二人で話したくて私も抜け出したかったから、今回は不問にするけど。

「ごめんねー、大声出すのだめって知らなくて。あとでみんなで別の勝負考えよーね」

「はあ」

「小麦ちゃんが彼氏作るって思ってなかったから、今もすっごく不思議だなー。えへへ、これからもこうやって四人で遊ぼうね！」

陽気な圧をかける。

二人だけで仲良くすんじゃねーよって。

ダブルデートしまくって、安芸くんといちゃいちゃしてるとこ小麦ちゃんに見せつけて、本当に稲田でいいの？　手遅れになっちゃうよ？　早く戻ってきてって延々と訴えかけたい。

わたし、安芸くんに、俺より加二のほうが好きなんじゃないのって言われて、なんにも返せなかったんだよね。

安芸くんよりも小麦ちゃんに執着してるように見えるって言われたらそうなのかも。

じゃなかったらこんなダブルデート仕掛けない。

もちろん安芸くんのことは好きだけど、安芸くんだけが手に入ればいいわけじゃない。

小麦ちゃんがわたしから離れちゃったら元も子もないんだよ。

「別に四人じゃなくてもいいだろう」

「もー、そんな寂しいこと言わないでよー。みんなで仲良くしたほうが楽しいじゃん！」

「きみは加二釜さんの親友だけど、俺はきみの親友じゃないから寂しいということはない」

わかってるっつーの！　こっちだって本当はあんたなんかと遊びたくないに決まってんじゃん！　むしろあんただけ省きたいんだっつーの！

「んー、でもほら、これもなにかの縁だし」

「みんなで仲良くはやめたほうがいいんじゃないか」

「なんでー？」

「あー……」

稲田が言いよどむ。言葉を探しているってより、言いにくいことを言おうとしてる感じ。

「だって、きみの彼氏は、きみの親友と……、あー……いや、世の中、知らなくていいことはあるな」

なにぶつぶつ言ってんのこいつ。

「えー、なになにー？」

「……きみは彼氏を大事にしたほうがいいし、大事にされるべきだし、彼氏に夢中になって目を離さないくらい常に二人きりでいればいいんじゃないか」

なぜか同情的な視線を向けられる。

は、……はあ⁉

なんでこいつにそんなん言われなきゃなんないの⁉

どういうこと？　こっちはこっちでよろしくやるから、お前はせいぜい男のことで頭ぱんぱんにして邪魔すんなよ恋愛脳がよってこと？　え、喧嘩《けんか》売られた？　違う？　なに？

しかも、わたしを待たずに部屋に戻ってっちゃうし。

待たれたらそれはそれでうざいけど、てかなにもしてなくても存在がうざいし――絶対あんなやつ小麦ちゃんの彼氏って認めない。不合格、不合格！

◆◇◆

俺も小麦も口を開かない。

小麦はまた音楽番組を見ているし、俺はスナックメニューを開いてひたすら眺めている。

異常な緊張感……に晒《さら》されているのは俺だけなのだろうか。

下手なことを口走るのが怖い。

うっかり稲田のことをディスってしまいそうだ。

あ。

そういえば、稲田が歌えないっていうのなら、勝負はどうなるんだろう。なにかで代替するのなら、このロシアンたこ焼きでいいんじゃないか。鳩尾さん、たこが好きっぽいし。

メニューを閉じて立ち上がり壁の受話器を手に取ろうとしてやめて、また座った。

「……どうしたの」

俺の動きが不審すぎたせいで、小麦が話しかけてきた。

「あー、いや、注文しようと思ったけど、稲田ってアレルギーとかあんのかなって。わからないから一旦《いったん》やめた」

「そう」

「知ってるか？」

「知らない」

「そうか」

会話の糸口ができてしまった。再び黙り込むのも不自然だろう。稲田についてコメントすべきなのか。いや、だからそれはなに言っちゃうかわからんし。

「あー、鳩尾さんに稲田のことちゃんと紹介しろよ。……お前が変な男に引っかかったらって心配してたしさ。俺も鳩尾さんが不安になってるとことか見たくないし頼むよ」

鳩尾さんを盾にしてしまった。

「わかってるわよ、それくらい。桜子は大事な友達なんだから。……でも、しばらくは稲田くんと二人きりで過ごしたいから、稲田くんを優先しちゃうかもしれない」

「……へえ。お前友達より恋人を取るタイプだったんだな」

口元が引きつらないよう必死だった。

俺のことは取らなかったくせに。

「そうね。自分でも驚いた。運命の出会いってやつじゃないかしら」

「ふうん、ま、鳩尾さんとのことちゃんとしてくれるなら、俺はどうでもいいけど」

俺の声色《こわいろ》は大丈夫か。ふてくされて響いてないか。強がりに聞こえてないか。

ひやひやしているところに、稲田が戻ってきた。その少しあとに鳩尾さん。

「あれー？　なんか歌っててもよかったのにー」

「ああ、いや、すぐ帰ってくると思ったしさ。それよりさ、ロシアンたこ焼き頼もうと思うんだけど、ちょっといろいろ確認したくてさ……」

助かった、と俺は話し相手を鳩尾さんに変えた。


「第一回っ！　ロシアンたこ焼き選手権っ！」

鳩尾さんが皿を掲げる。皿の上には盛りつけられたたこ焼き八個。

「ルールは簡単っ！　このたこ焼きの中に一個だけすっごーく辛いたこ焼きがありますっ！　激激激辛っ！　それを引いた人が負けですっ！」

自分で提案しといてなんだけど、めちゃくちゃ単純な勝負になったな……。

「……引いた人が負けなのか？」

稲田がぼつりと言う。

「そりゃそうだろ。元々これ罰ゲーム的なものだし、ハズレってことで、負け」

「八個のうちたった一個を引く。アタリじゃないか？　勝ちだろう」

「激辛わさびを食って勝ったって思うか、お前？」

「辛いものは好きだ。むしろ俺の体は辛いものでできている」

「メロンソーダ選ぶ味覚なのに？」

「……俺が間違っていた。引いた人がハズレで負けだ」

なんでそんなとここだわったんだ……？

「準備はおっけー？　じゃあ、じゃんけんして一個ずつ選んでこー！」

四人それぞれ、ピックを持つ。

「せーのっ！」

一斉に口に含む。

俺のはどうやら当たりだ。全然辛くない。なんの変哲もないたこ焼きだった。

周囲を見渡す。

鳩尾さんも小麦も普通に咀嚼《そしゃく》している。稲田もこれ以上ないくらいの真顔だから、どうやら一巡目は全員ハズレを引かなかったらしい。

「………ぶふぉっ」

「えええっ⁉」

と、思いきや稲田が唐突に噴きだした。咳き込みつつも、なんとか口の中のものを吐きださないようにしている。

「大丈夫なの？　無理だと思ったらここに出しちゃっていいから」

小麦が稲田の口元に重ねたティッシュを広げる。私物だ。弟妹がいるからこういう粗相の対処はお手の物なのだ。経験を生かして恋人に対してもかいがいしい小麦。目の当《ま》たり《あ》にすると嫌な気分になる。世話好きだな、と思えばいいのに、よっぽど好きな相手なんだな、という感想が浮かんできてしまうから。

「……大丈夫だ」

稲田は小麦に片手を上げて、問題ないとアピールする。なんとか激辛たこ焼きを飲みこんで、急いでメロンジュースで中和していた。

「負けた……」

一発でな。

「あはは、稲田くんの言ってたみたいに、引いたら勝ちにしといたらよかったのかもね」

「……安芸に反論できればそうなっていたんだが」

「いや、結果論だろ？　ルール変えたからって引く確率変わるわけじゃないんだし」

「そうでもない。俺はわさびを引く自信があったからルール変更を申し出たんだ」

「え、なにそれ、ズルする気だったってこと……？」

「ちょっと、桜子。稲田くんに失礼でしょ。そんな言い方」

「ご、ごめん。小麦ちゃん」

「加二、責めるなよ。鳩尾さんに悪気はないし、当然の疑問だろ」

少し語調が強くなってしまった。

最悪だ。こんなの八つ当たりだ。

「……俺は、全六種類くらいあるガチャガチャで『これ以外だったらなにが当たってもいいな』と回すと『これ』が来るタイプなんだ」

なに突拍子ないことを言い出すんだ？　と全員の視線が稲田に向く。結果的に場がピリつかなかったのは正直助かったが……。

「一度や二度じゃない。変な方向に引きが強いんだ。だから、ビンゴゲームには当たったことはないが罰ゲームにはしょっちゅう当たる。激辛なら俺が引けるんじゃないかと思った」

稲田はクソ真面目な顔をして言っている。

いや……、偶然だろそれ……。あとまあたとえば賭け事《ごと》で勝ったのとスったのどっちを強く覚えてるかみたいな性格もあろうし……。

「……ふふ、なによそれ。変なの」

小麦が笑った。微笑ましげに。

ああ、なんだろうな、勝負に勝ったのに、全然うれしくないな。

「はいはーいっ！　じゃあペアダンスの権利はわたしたちのものってことだね！　やったね、

安芸くん！」

そうだ、喜ばなくちゃいけないのに。そんなこと、頭の片隅にもなかった。

適当に時間を過ごしてカラオケ店から出た。

店の出入り口で二手に分かれた。

行くとこがあるから、と稲田が言い、当然のように小麦と連れ立っていった。

「なんかさ……」

駅まで向かう途中、少し言いよどんでから鳩尾さんが切り出す。

「稲田くんのことはよくわかんないまんまだったね。……ねえ、わたし完全に査定してるね⁉ 何様だよって感じ⁉ 安芸くんは⁉ 安芸くんは稲田くんのことどう思った？」

「独特な雰囲気持ってるなって。マイペースな奴だよな。そういうとこ、加二と合うのかもしれないな」

「んんん、確かにラブっぽい雰囲気はあったかなあ……？」

同意されたくなかった。

「やっぱりもうちょっと稲田くんのこと知りたいよねー？ 今度またダブルデートでさ、……え？」

これ以上稲田の話を聞きたくなかった。

だから俺は鳩尾さんの手を握った。恋人繋《つな》ぎにした。

「どしたの?」

「鳩尾さんは……、あー、と、桜子は俺の彼女だよなって」

「あはは、もしかして、稲田くんの話ばっかしてるから嫉妬《しっと》しちゃった?」

「あー、……そう、だね」

「もー、おばかだなー、安芸くんはー」

鳩尾さんがぎゅっと手を握り返してきた。

そう、馬鹿なんだ俺は。

小麦のことですり減った心を、鳩尾さんで満たそうとして触れたんだから。

5

わたしが安芸くんの言葉をそのまま信じてあげられるような、本物の大天使ちゃんならよかったんだけど。

安芸くんが今、わたしのことを考えてないことくらいわかるよ。恋人繋ぎして、わたしを見て、わたしの体温を感じて、わたしの肉体がここにあるのに、頭の中は、この場にいない小麦ちゃんのことなんでしょ。

……あー、精神的に繋がってる関係のほうが高尚で尊く見えるのってなんでだろねー？

映画とかドラマとか、相棒っていうか腐れ縁っていうか、なんか言葉では言い表せない強いきずなで結ばれてる二人がいるとさー、恋愛感情『なんか』で解釈しないで、とか、恋愛『ごとき』で括《くく》れる陳腐《ちんぷ》な関係性じゃないから、とかファンが盛り上がるじゃん。

日頃《ひごろ》はみんな恋愛が一番上っぽいこと言ってんのに、いきなり見下すじゃん。

でもまー、言いたいことはわかるよ。

わたしも今、勝ってる気がしないもん。安芸くんと触れ合ってるのはわたしなのに。

安芸くん、全然稲田のことを気にしてない素振りしてるけど、小麦ちゃんを取られたって思ってるんじゃないの？

でも、わたしっていう彼女の存在のせいで、稲田のことを受け入れるしかなくなってるんでしょ。文句つける筋合いないもんね。

もしかしたら、安芸くんが新しい恋愛でもしろよって小麦ちゃんに焚《た》き付《つ》けたのかなとも一瞬思ったけど、それにしては稲田への負の感情が隠しきれてないし。

多分この状況は安芸くんにとっても想定外なんだよね？

「……なんかねー、ドリンクバーのところでちょっとお話ししたんだけどね、安芸くんともっといちゃいちゃしろ的なことをわたしに言ってきたよ、稲田くん」

超翻訳だけど。

「え、どういう立場からの意見、それ……？」

「んー、わたしのこと、目障《めざわ》りなのかもね？　稲田くん的には小麦ちゃんと二人きりになりたいのに邪魔してるって思われちゃったかなー」

ほんの少しだけ、安芸くんの指に力が入った。

ほらあ、ホントは嫌なんでしょ。稲田のこと認められんないんでしょ。

わたしだって安芸くんと一緒だよ。嫌なんだよ。

稲田がっていうか、小麦ちゃんをどっか連れてっちゃう男子が。

小麦ちゃんがわたしから離れちゃうの、わたしは納得できないよ。絶対離れていかないはずだったんだもん。

「別に稲田に言われなくても、俺は鳩尾さ、じゃなくて、桜子と二人きりでいちゃいちゃしたいけど？」

「えっ⁉　もー、……えへへ」

照れたふりをする。

だけど、そのいちゃいちゃって、わたしは小麦ちゃんの代わりなんでしょ。

稲田への鬱憤をわたしで晴らすんでしょ。

わたしは小麦ちゃんの代替物。

――小麦ちゃんと全然対等じゃないね。

あー……、わたし、安芸くんに告白したとき言ったよね。元カノさんを忘れるため利用しろとか、代わりだってわかってるとか。ウケる。

今は絶対言えない。嫌だもん。わたしはわたしなんだもん。

「ねえ、安芸くん、もうちょっとお話ししてこ?」

「うん」

駅前の広場のベンチに安芸くんを誘う。

「え、ちょ、なに……!」

安芸くんが焦ってるのは、隣同士で座って、繋いだままの手をわたしが太ももの間に誘導したから。

「えっへへー、逮捕しちゃいましたぞー」

そのまま、ぎゅうっと手を挟む。安芸くんの手の甲がわたしの内太ももに当たってる。小麦ちゃんと違って、細くなくて、むにゅってしちゃう太ももに。

無理に手を抜こうとするとスカートがめくれるって気付いたのか、安芸くんは赤面したまま大人しくしてる。

「桜子、なんのつもり……」

「んふふ、安芸くんが逃げないように?」

「ええ? 別に逃げないって」

やってることは痴女だけど、無邪気ないたずらをしかけただけってふりをする。なにも考えてないふりを。

本当は、安芸くんにわたしのかたちを覚えてほしい。

こんなの、崇高じゃなくて、尊くなくて、見下されるべきことってわかってるけど、それでも。

安芸くんの手の甲が当たってる部分だけ、なんだかすごく熱く感じる。

あーあ。

安芸くんと協力して、カップルの先輩として小麦ちゃんにつきまとって、稲田を排除したかったのに、安芸くんは全然乗り気じゃない。そのくせわたしのことを一番好きになってもくれない。小麦ちゃんが離れたままっていうのも嫌だし、わたしのそばにいてほしいし、でも安芸くんが小麦ちゃんのことばっか考えるのも嫌だ。

どうしよう、安芸くんも小麦ちゃんも両方ほしいのに、わたしにはそれができるって思ってたのに、もしかしてそれってすっごく難しいことなのかな。

こんなことになったのは稲田のせい。って言い切れたら楽なのに。そうじゃないって薄々わかってる。

……わたしの中でなにかが確実に変わっていってる。

6

スマホが震えた。

メッセージがポップアップで表示される。

「稲田くんからー？」

「ええ」

桜子の問いにうなずく。

ここ二週間、部活後は稲田くんと一緒に帰っている。

部活の終わる時間帯に、稲田くんから連絡が来ることが日常になりつつある。

「……切りもいいし、今日はこのへんで終わりにするわ」

部長席に座る玄に言う。

今、報道部は進行台本を作る作業をしている。それ自体はそんなに難しくないし、全体の流れはもう完成しているのだけど、決定稿がなかなか出せない。『実況で代表選手はラブラブカップルって紹介しちゃってください！　って言ったけど、昨日別れました！　差し替えで！』みたいな細かい変更が差し込まれてくる。

一個二個ならいいけど度重なると少し心穏やかではいられなくなる。

不確定の状態って落ち着かない。

……たとえば、叶《かな》う望みがほとんどないのに告白してしまう人もそういう心理なんだろうと思う。つきあえる可能性がごく微量でもあって身動きが取れない日々より、白黒つけて振られる未来のほうが楽だって。

ときには希望がある状態のほうがつらい。

「ん、ああ、お疲れ」

作業中で手が離せない玄が、私を一瞥《いちべつ》して言う。単なる部員への労《ねぎら》い。当然だけど稲田くんと帰ることをなんとも思っていない顔。

私はスマホのチェックに夢中なふりをして部室をあとにする。

メッセージアプリに登録しているのは、必要最小限の人間関係と、近所のスーパーや少女漫画の出版社とか少しの公式アカウントだけ。

玄のアカウントは画面外のずっとずっと下のほうにいっちゃった。

希望がある状態じゃない。

……なら、つらいことはなにもないはずなのに。

「私に彼氏ができたら安芸はちょっと惜しいって思ってくれるかもって思ったの。逃した魚は大きく見えないかな、とか。馬鹿みたいよね」

隣で自転車を引く稲田くんにぽつりと話す。

桜子に押し切られてカラオケボックスでダブルデートをすることになったとき。私は必要以上に稲田くんの肩を持ったり、親しく見せようとした。

だけど玄はいつも通りだった。嫉妬なんてしてくれなかった。

「加二釜さんは逃してなくても大きな魚だ」

「なにその慰め方……」

笑ってしまった。

稲田くんは外見は怖く見える人なのに、中身は少しすっとぼけている。

「略奪しようと思ったことはないのか？」

「むちゃなこと言わないで。そもそもうまくいくはずないでしょ」

「無理を通せば道理が引っ込むことだってあるだろう。俺は絶対叶わない恋をしたことがあるが、それとはわけが違う」

「……そのときは無理を通せなかったの？」

「相手の女子の恋愛対象が男子じゃなかった」

「ああ、それは絶対に無理ね……」

「だろう。だが加二釜さんはそういう状況じゃない」

「だとしても、もし、私が安芸とどうにかなったら、……稲田くんには都合が悪いんじゃない?」

「きみが幸せならいい」

稲田くんと二人で帰るようになって、私は少し心が安定するようになった。

誰にも話せなかった心の内を話せるようになったからだ。

今まで、玄のことが好きだって、私は誰にも言えなかった。秘密は重荷だ。自分の中にしまいこんでいると押しつぶされそうになる。

稲田くんはその荷物を少し引き受けてくれる。

つまり、私は、私を好きだと言っている男子に、好きな人の話をしている。

最低の行為。

玄が、桜子についての相談を私にしていたのと同じ。無神経さに苦しめられた。でも、私はもっとひどい。玄は私の気持ちを知らなかったけど、私は稲田くんの気持ちを知っているんだから。

それなのに、稲田くんは嫌な顔ひとつせず、むしろこちらを気遣ってさえいる。

すごくいい人だと思う。

いい人っていうのはどうでもいい人なんだよ、結局恋愛対象として見られないいんだよ、と世間では言われるけど、私はそうは思わない。

だって、私が稲田くんを好きになれないのは、彼がいい人だからじゃない。

稲田くんが、玄じゃないからだ。

いろいろな話をする中で、稲田くんとちょっとした口論になることもあった。

稲田くんが桜子を悪く言ったときだ。

「こう言ってはなんだが、鳩尾さんも鈍すぎないか」

「……はあ?」

「きみの親友なのにきみが本当は誰が好きなのか全然わかっていないのか。とんだ節穴だ」

「元はといえば、私が安芸をあの子に紹介したのよ。桜子が私の気持ちに気付かないのなんて当然でしょ」

「ああ……、すまない。陰口だな、これは」

「そうよ、やめてくれる?」

「しかし、それでも、鳩尾さんは確かに無邪気に過ごしてるだけかもしれないが、悪意がなければいいというものでもないだろう。カラオケボックスで安芸といちゃつきだしたときは、俺はあれ以上きみにあの光景を見せるのが嫌で、勢い余ってペアダンス出場権勝負に挑んでしまったし……」

ああ、それであのときいきなり発言を翻《ひるがえ》したのね……。

「二人は恋人なんだからいちゃいちゃくらいするでしょ。目くじら立てることじゃないわ」

「……あの勝負に乗ってしまったこと、謝ってなかったな。本当にすまなかった。もし勝っていたらきみはあやうく俺とペアダンスに出るはめになるところだった」

「別にそれはいいけど……」

「いいのか」

「あなたが彼氏なのは事実でしょ」

稲田くんはうれしそうだった。予想通りの反応。

なにを言って、なにをすれば喜ぶのか。手に取るようにわかる。

玄とつきあってたときは、空回りしてばかりで、全然うまくできなかったのに。

常に自分のことで頭がいっぱいだった。だった？　過去形なんかじゃない。玄の前では私は冷静じゃいられない。

別れてからのひととき、玄は私のどこを好きになったんだろう。聞けばよかった。――いえ、聞かなくてよかった。今さらどうしようもないのに変に意識しておかしな振る舞いをしてしまいそうだから。

「加二釜さん？　どうかしたのか？」

「あ……」

稲田くんと一緒にいるのに玄のことばかり考えてしまう。

「と、とにかく桜子のことを悪く言わないで」

桜子を攻撃されるのが嫌。

私は桜子のことが大事だから。

だけど、本当のことを言うと、実は、どこかで心地よくなってしまっている。

稲田くんが桜子をなじって、私がそれを否定する。そのたびまるで自分の心が美しいもので
あるような錯覚をしているせい。私の傷ついた自尊心が修復されていく。

それなのに、ずっと稲田くんと一緒にいたいって思えないのはなんでなの。

稲田くんは時々駄菓子を持ってきてくれる。

お疲れ様、と。

部活動お疲れ様、ではなくて、安芸と鳩尾さんと一緒の空間で過ごしてお疲れ様、だ。

「……別にこれで餌付けするつもりじゃない。中になにか混入させてもないから安心して受けとってほしい」

疑ってもないことをわざわざ口にする。

馬鹿正直に。

そういうところ、やっぱり玄みたい。

私、もしかして玄と稲田くんが似ているからつきあおうとでも思ったの？　せっかく別の人を知ろうって決めたのに？

……違う。だって、むしろ似てない部分のほうが多いもの。私がわざわざ稲田くんの中に玄の要素を探しているんだ。多分、きっと、誰であろうと、私は同じことをしてしまう。

どんな男子といても、私は玄のことを考える。

「そうだ、本屋に寄っていいか」

「いいけどなに買うの？」

「『隣のチョコレート』という漫画だ」

「……少女漫画読むの？」

「ああ。手芸部の先輩が部室に置いてたから読んだらハマった。ヒーローがパティシエ志望で出てくる食べ物がいちいちうまそうで」

「あれ面白《おもしろ》いわよね」

「読んでるのか」

「ええ。毎月読んでる」

「そうなのか、雑誌でか。前の巻がちょうど気になるところで終わったんだ。二人がやっと結ばれるかと思うと――――あ、いや、すまん。そういうつもりじゃなく」

「わ、わかってるわ」

「加二釜さんに卑猥《ひわい》なことを言いたかったわけではなく、そして俺もベッドシーンを期待しているというより、こう、心の結びつきというか」

「わかってるって言ってるでしょ」

隣のチョコレート。

コミックスは買ってないけど、多分、前巻のラストにあたるのは、ヒーローとヒロインがひょんなことから二人きりでヒーローの部屋で一晩過ごすことになった話。外は台風で、くだらないことで喧嘩して、でも雷がきっかけで抱き合って、今までのことを振り返って、とうとう一線を越えるのか、というところで終わっているはず。

ベタだけどどきどきするのよね。

稲田くんの予想通り、次の話で二人は結ばれる。

ネタバレはしないけど。

「ま、まあ、とにかく、同じ漫画が好きなんだな。加二釜さんと共通点があってうれしい」

稲田くんは頰《ほお》を赤らめつつ、ほんの少し唇の端を持ち上げた。私と一緒で表情に乏しい人だけど、本当に喜んでいるっていうのが雰囲気で伝わってくる。

以前、二人で表情が乏しいあるあるで共感しあったこともある。怒ってないのに怒ってる？　って聞かれる、とかね。

稲田くんは手芸部だし（繊細なものが好きで、タティングレースに興味があって入ったそうだ。男子の口からタティングレースって言葉が出たのを初めて聞いた）、少女漫画も好きで、玄よりよっぽど趣味が合う。

そのうえ、私のことが好きで、私を大切にしてくれる。

なのに。……人って、条件で人を好きになるわけじゃないんだ。

趣味なんて合わなくていいから、共通点もなくていいから、玄がいい。


つきあうのは初めてなのか、となにかの拍子に聞かれたことがあった。

玄だとは言えないけど、中学のときにつきあっていた相手がいたと伝えた。

「なんで別れたんだ？」

「……相手が全然自分のことを好きじゃなかったから」

口にした途端、ざわりと肌が粟立《あわだ》った。うっかり包丁を落としてつま先を貫きそうになったときみたいに。

だって、中学のときの玄は、今の私だ。

稲田くんのこと、悪い人じゃないとは思いつつ、恋愛感情はまったく抱いていない。それなのにつきあっている。まるっきり同じ。全然好きじゃない。好きになれる予感すらない。

そして、稲田くんはかつての私だ。私は玄とつきあいだしたときに、舞い上がって玄も私のことが好きだって勘違いしてたけど、稲田くんはそれすらもなく、ただただ私に恋心を利用されているだけ。

私は、それがどんなにつらいことか知っているのに。

玄も玄だわ。あいつ、好きでもない相手とつきあうなんて、よくもこんなひどい仕打ちができたわね。……なのに、今でも玄を嫌いになれない私が、本当に嫌になる。

「あの……」

隣を歩く稲田くんを見上げる。

「どうした」

「……私、最低なことをしてるわよね？」

聞くまでもない。そもそもこんな聞き方をしたら否定してくれるに決まってるのに、私はずるい。

「やっぱり、こうやってつきあうのって稲田くんを傷つけて――」

「俺は、どういうかたちでも加二釜さんとつきあえてうれしいと思う」

「でも……」

「一般論とかそういうのは関係ない。今のが俺の正直な気持ちだ」

私は口をつぐんだ。

稲田くんは優しい。その優しさにつけこんでも、文句のひとつも言わない。それどころか私のうしろめたい気持ちを解消しようとしてくれている。

玄なんかよりずっと私のことを見て、私のことを考えてくれている。

もし私の立場に誰かほかの女子がいるなら、その人ならあなたのことを幸せにしてくれるわよ、と太鼓判を押せる。

なのに。

……どうして、私は稲田くんのことを好きになれないんだろう。

どうして、玄のことばかり考えてしまうんだろう。

どんなに距離を置いても、心に玄がいる。どんなに遠くまで行っても私は私と離れることができないから——玄と離れることができない。

7

小麦ちゃんは稲田とつきあいだしてから下校だって稲田としちゃうし、メッセージを送っても稲田を優先する。

稲田を本当に好きになった？

そんなわけない。絶対に。小麦ちゃんがそんなに簡単に心変わりするわけがない。新しい恋で安芸くんのことを吹っ切ろうとしてるのかもしれないけど、そんなうまくいくなら誰も恋愛なんかで悩まないでしょ。

小麦ちゃんみたいな不器用な人は好きでもない人とつきあったらだめだよ。罪悪感で潰《つぶ》れちゃうんじゃないの。

……どうすればいいんだろう。

稲田とつきあう必要がないって教えてあげればいいのかな。小麦ちゃんの恋は破れてなんかいませんよって。安芸くんは小麦ちゃんのことが好きですよって。

たとえばこんなん。

『あのね、安芸くんから元カノさんの話を聞いてたの。それでひょっとしたら元カノさんって小麦ちゃんのことなんじゃないかなって思って……』

で、動揺する小麦ちゃんに対して青ざめたふりをする。

『そっ……か。やっぱりそうだったんだ。ごめんね、わたしが安芸くんのこと好きなんて言ったから、小麦ちゃん気を使ってくれたんだね。でも、そんなの、だめだよ。あのね、小麦ちゃん。わたしのために譲ってくれたんだと思うけど、わたし、親友が素直になってくれるほうが幸せなんだから、ね？　二人、お似合いだよ』

で、涙をこらえつつ、二人を祝福する健気《けなげ》な演技。

これで、小麦ちゃんと稲田を破局に追い込めるでしょ。しかも、元々わたしが小麦ちゃんの気持ちを知ってたとかそういうのは全部ばれずに。

でも。

……でも。

どうしよう、わたしが安芸くんと、別れたくない……。

だけど、小麦ちゃんが稲田と恋人やってるのも嫌だ。

あー、でも、小麦ちゃんが稲田とつきあいだしてから二週間以上経ってるんだよね。稲田が手の早いやつだったら、襲われちゃうかも。それはさすがに拒否るかな、小麦ちゃん。でも男子に、しかもあんなでかいやつに迫られたら怖くて言いなりになっちゃうかもしんないし。

普通にそんなやつやめときなよって言えばいいかな？

……嘘。稲田がそんなことはしないって、わかってる。

カラオケ行ったとき、わたしはもう怒髪天《どはつてん》を衝《つ》く勢いだったけど、それでも偏見抜きで見れば稲田がいい人ってのは、本当はわかってるんだ。

わたし、稲田が嫌なんじゃなくて、小麦ちゃんをさらっていく男子はどんな聖人だって嫌で、どうにかして私と安芸くんのところに戻ってきてほしくて、稲田のあら探ししてるんだって、わかってるんだよ。

誰の目から見ても稲田に悪いところがあれば、小麦ちゃんに別れるように進言できるのに。てかさー、いくら稲田がいい人でも清廉潔白な人間なんていないし、稲田のなんらかのやらかしを探って針小棒大に騒ぎ立てればいいんじゃない？

大天使桜子ちゃんによる悪魔のささやき。

そうすれば、小麦ちゃんはまたわたしのそばにいてくれるかなあ。

「あ」

内心大荒れで登校して、昇降口でふと顔を上げたところで、わたしは思わず声を出していた。

「え、あ、あ、は、鳩尾さん……」

わたしの視線の先にはあわあわしてる二つ結びの女の子。

逆恨みでいろいろしてきた、わたしの元・過激ストーカーちゃん。

ひと月くらい前に結構な被害を受けた。ノートに落書きやら上履き盗むやら。あ、そういえば上履き返してもらってないな。まあ、一日ストーカーちゃんの手元に置かれたものなんて返ってきても怖いけど。てか上履きでなにすんだろ。嗅《か》ぐの？　やだなあ。

それはさておき、この子、六組じゃん。うわ、今まですっかり忘れてた。

稲田と同じクラス。なんか使えそうな情報、知らないかな。

「えへへ、おっはよー」

満面の笑顔で挨拶《あいさつ》。

「え、あ、ああ、おはよう、ございます。……ああぁっ、鳩尾さんと普通に会話してる……。私……すごい……」

「あはは、ちょっと涙出ちゃってるじゃん。わたし、そんなたいそうなモンじゃないよー？　待ってね、ハンカチ貸したげる」

「そそそそ、そんなおそれ多いっ！　いいです、いいです！」

ごしごしと袖口《そでぐち》で涙を拭《ぬぐ》ってるストーカーちゃん。

わたしは大天使桜子ちゃんだからあらゆる加害行為を許したふりしたげて、友達になれるかもよ？　って言ったけど、さすがに鵜呑《うの》みにしてなかったみたい。お話しするのは水族館以来。

まーホントに友達になれると思ってんなら面の皮厚すぎるもんね。

「ねーねー、ところでさ、稲田くんと同じクラスだよね？」

「あ、え、は、はい。ていうか、同じ中学出身です……」

「そうなんだ？」

何気ない顔しながらも、ラッキー！　って心の中でついはしゃいじゃった。

「稲田くんって、どういう人か、ちょっと知りたいなー、なんて」

あいつの嫌なところを知らない？　って聞くわけにもいかないから、探りを入れる。

「ど、どうして稲田に興味を抱いて……？　……あ、鳩尾さんの大事なお友達と最近一緒にいますもんねあいつ……」

「あれ？　知ってたんだ」

鳩尾さんの隣のポジション空いたんですよね、私が立候補しますけど、とか図々しいこと言い出してきたらどうしよっかな。

「あ、あの、下校時間が結構かぶるってだけで、別に、その、鳩尾さんの人間関係についてまたわざわざ調べたり張りこんだりしてるわけじゃ……」

「えー？　そんなこと全然思ってないってー！」

ごめん、ホントはすっごい疑ってたけど。

「稲田、ですよね。……高校では没交渉ですし、あいつについてわたしが知ってるのは、中学時代のたいして面白くない話なんですけど……」

「いいよ、教えて？」

「……あの、私、稲田に中学のときに告白されたことがあって」

「へー、そうなんだ？」

普段だったら他人の恋バナは、きゃー！　って盛り上げるけど、ストーカーちゃんはやけに神妙だったから、軽く受け答えた。

もしかしたら、まだ私のこと好きかもしんないですってこと？

実は稲田も過去の恋を忘れるためにつきあってますとか。

「その、……鳩尾さんには水族館で大声で告白しちゃいましたし、信じてもらえないかもしれないんですけど、私、公言してないんです。自分が、その、男の人を好きじゃないってこと」

「うん」

「……でも中学で、その公言してないことを稲田に知られてしまって」

「え？」

なんかいきなり話がきな臭くなってきてない？

「稲田、私のことを好きだったみたいで。ずっと見てて気付いたって」

「――それで？」

「それ、周りに気付かれたくないんだろ、だったら俺とつきあわないかって言ってきて」

「………っ！」

ゴミカスじゃんっ‼

昔よりは理解者が多いとか言うけど、なんだかんだマイノリティの性的指向。それを黙ってる代わりにつきあえってことでしょ？

「な、なにそれ。さ、最低すぎるんだけど。え、それでつきあうはめになったの？……大丈夫だったの？」

声が震える。

もう変わらない過去のことなのに、この子は迷惑ストーカーちゃんなのに、それでも義憤にかられる。『お前が女の子を好きなのは男のよさがわかってないからだぜ！ 俺が治してやるぜ！』とでも思ったの？ 最っ悪じゃん。さすがにここまで悪いとこ見つけたくなかったんだけど。

「いえ、結局、つきあわなかったんですけど」

「じゃあ言いふらされたの⁉」

「い、いいえ、そんなこともなくて……。私、最初、脅されてるのかと思ったんですけど、稲田的には、自分とつきあったことにしておけば、私は男子が好きなんだと周りは思うから、絶対に本当のことがバレないって」

「は……？」

「笑っちゃいますよね。どうやら私を守るつもりだったみたいで。悪い人じゃないのはわかるんですけど、どっかズレてるっていうか……」

ストーカーちゃんが全然怒ってなくて、微笑ましい思い出として語ってるから、わたしの怒りも萎んでいく。

でも勝手なことをして、しかもそれがいいことのつもりだったんだよね？　……やっぱ腹立たしくない、それ？

まあ、でも、ストーカーちゃん的にも結局稲田はいい人ってことなんだよね。もー……。

――あ。待って。この話、ちょちょっと改竄《かいざん》すれば使える？　稲田は脅迫クソ野郎って。

ストーカーちゃんとちょっと世間話したあとで、わたしは教室に急いだ。

小麦ちゃんはまだ登校してきてなかった。ほとんどわたしのほうが早く来るってわかってるのに、先走っちゃった。

ほかの子に話しかけられないように、ちょっと予習したいことがあるから～とか教科書広げつつ、そわそわして小麦ちゃんを待つ。

ストーカーちゃんの情報を利用して、稲田の悪いところを小麦ちゃんに吹き込むんだ。

……稲田、多分、本当に本当に小麦ちゃんのことが好きなんだと思う。

だから、ちょっとだけ、胸が痛むけど、でも、――でも！　絶対、わたしのほうが小麦ちゃんのこと好きなんだもん。

「おはよう、桜子――って、え？　なに？　なんなの？」

小麦ちゃんが一歩教室に入ってきた瞬間、トイレに連行した。

◆◇◆

「小麦ちゃん、正直に言って。稲田……くんに脅されてるの？」

桜子にトイレの個室に連れ込まれた。

突拍子もない行動と言葉に一瞬なにも対応できなかった。桜子は可哀想なくらい蒼白だ。多分、私を心配するあまりに。

「……どうしてそう思うの？」

質問に質問で返す。返事のための時間稼ぎをする。

もしかして稲田くんとのやりとりが知られた？　嘘でしょ。どこから。

「あのね、ちょっとある人に稲田くんのよくない噂っていうかそういうの聞いちゃって」

……ああ、よかった。

事実を知ったわけじゃないのね。いいえ、元々、稲田くんの言葉が足りなかっただけで、脅されているわけではないのだけど。ただ、元々脅迫内容だと思っていたもの——私が安芸と連休中だけ恋人同士だった——を桜子に知られたら終わりだ。

桜子は私に裏切られたと思うだろうし、傷つくだろうし、友達でいられなくなる。

「もう。桜子ってば報道部の一員でしょ？　噂を鵜呑みにするの？　稲田くんはいい人よ」

だから噂とやらも全否定する。連休中のことは絶対に勘付かれないようにしなくちゃ。

「でも……」

だけど、桜子は私を少し疑いの目で見ている。

脅されているから稲田くんのことをかばうんでしょ？　とでもいうように。

思えば、桜子はつきあい始めたときから稲田くんに不信感を持っていた気がする。でも、普段の私の態度を見ていたら彼氏を作るとは思えないだろうからそれは当然。

その疑心を晴らさなければいけない。

脅迫内容に辿《たど》り着かれてはならない。

桜子には私が稲田くんのことを本当に好きなんだって思わせなければいけない。

なんの取引もなく、打算抜きで、心の底から、恋に落ちたんだって。

だけど、今の状態では到底納得させられない。体を張って稲田くんに過剰なスキンシップを仕掛ける？　無理。好きでもない相手にそんなことできない。

じゃあ——説得力のあるプレゼンをしなきゃ。

好きになったとか軽い言い方だと通用しない。愛してるとか言っても上滑りするだけ。なにかもっと、現実味があって、かつ決定的なことを突きつけなきゃ。

「——……小麦ちゃん、あのね」

桜子が口を開いた。

どうしよう。脅迫内容に気付かれる前に。早く。稲田くんと一緒に下校した風景を切り取った画像が頭の中で次々と重なって切り替わっていく。早く。稲田くん。話した内容。なにか。早く。早く言わなくちゃ。

「あの、本当に優しいのよ、稲田くん、その、切羽詰まったときでさえ、優しかったから、本物なの」

「切羽詰まったとき……?」

「そう、その……、結ばれるとき」

「は……?」

「……実は、学校帰り、家に寄ったとき、その、いい雰囲気になって、——でも、私が痛がったら、我慢してくれて、それで、すごく愛を感じて……」

なにを口走ってるの?

冷静になったら恥ずかしくて顔から火が出そう。むしろもう出てない?

なんで、あれだけ一緒に帰ったのに、思い浮かぶのが少女漫画なのよ。

――隣のチョコレート。

そこからちょっと拝借しちゃったエピソードだって気付かないわよね？　桜子そんなに少女漫画読まないものね？　そもそもそんな珍しい内容でもないし。

一線を越えそうになったけど、痛くて怖くて泣いたヒロインのために、行為をやめようとしたヒーロー。途中でやめるのってつらいんでしょ、と続きを促すヒロインに流されないヒーロー。

まあ話の展開上、結局なんだかんだ完遂しちゃうんだけど……。

普段の私はこんなこと言わないから、逆に発言に信憑性があるはず。

「え、あの、小麦ちゃん、それって、……あの、そういうことを、……したってこと？　や、やだなー、小麦ちゃんってそういう冗談言うんだ……。あはは……」

あ、だめかもしれない。

ただでさえ大きい桜子の目が、もう人体の限界ってくらいに開かれてる。

だけどもうこの路線でいくしかない。撤回するといろんなことがぐだぐだになりそう。あとから稲田くんに口裏を合わせてもらうこと考えると気を失いそうになるけど。

「だって、つきあって一か月も経ってないのに……？」

「そういうのに時間なんて関係ないんだって、私も初めて知ったわ」

「で、でも、小麦ちゃんって、そういうことに潔癖なのかなーって思ってたんだけど……」

「私もそう思ってた。でも、そうじゃなかったみたいね。自分でもびっくりした。好きになると、相手とひとつになりたいって思うものなのね……」

「え、あの、……やっぱり脅されて、そういうことになったとかなんじゃないの……？」

あらゆる少女漫画の台詞を駆使していろいろ補強したけど、土台が間違っていたのか、結局疑いを払拭できてない。

予鈴が鳴ったので、呆然としたままの桜子を連れて教室に戻った。

すべての授業中、私はついた嘘をどうしたら本物にできるだろうか頭を悩ませていた。

――――こうなったら。

8

放課後、部活も終わったあと。

わたしは小麦ちゃんに導かれるままに駅ビルの薬局に来ていた。

『今日は稲田くんに迎えに来ないように言っておいたから。ちょっと桜子に話しておきたいいことあるの』

小麦ちゃんがそう言ったから、部室に安芸くんを残して一緒に帰ることになった。

でも、久々に女の子二人できゃっきゃしちゃうね！　とかいう展開じゃなくて。

……避妊具コーナーの前に連れてこられた。

棚の下のほうに並べられている長方形の箱——コンドームの前で隣り合ってしゃがんでるけど、小麦ちゃん、ホントどういうことなの？

「どれにするの？」

「どれにって……」

あんまり人に見られたくなくてそわそわするわたしに、小麦ちゃんが当然のように聞いてくる。なんか、小麦ちゃんってば、慣れてる……？

「あ、あのさ、小麦ちゃん、これ、どういうつもり？」

「避妊は大事なことでしょう。桜子が持ってて損することなんてひとつもないんだから。今朝《けさ》話してて思ったの。桜子と安芸はまだなにもないみたいだから。先輩として私が知ってることは教えてあげようって」

「せ、先輩としてって……」

「ほら、どれにするの？」

「あ、え？　えと、じゃあこの三個入りの？」

なにも考えられなくて、適当に一番値段が安いのを手に取る。

「足りるの？」

足りないの!?

「つけるのに失敗して使う前にダメにしちゃうかもしれないじゃない」

小麦ちゃんが説明を補足してきた。わたしの反応、声には出さなかったけど顔に出ちゃってたってことかな。失敗かあ。なるほどね、回数の話じゃなくて。え、なに？　今、わたし、小麦ちゃんからなに聞いてるのこれ？

「そういうものかな？」

「ええ」

それって、小麦ちゃんも失敗したからこそのアドバイスなの？

そんな生々しいこと、想像もしたくない。

「え、ええと、じゃあ、十個入りのほう？　薄さとかもいろいろあるね。そういえば三種類置いてあるときはお店は中間のものを買わせたいって部室の行動経済学の本に書いてあったけどホントかなー？　三千円の商品と五千円の商品だと五千円は売れないけど、選択肢に一万円の商品が入ると五千円のものが売れるようになるんだってー。でも確かに001から003まであると真ん中の002を買いたくなるかもー」

あははー、なんて半笑いで早口になっちゃって、わたし、最高にテンパっている。

「あっ、イチゴの匂《にお》いするのとかもあるんだねー。こっちは暗闇《くらやみ》で光るんだって。……光ってどうするの？」

「そうね、匂いはともかく光る意味はよくわからないわ」

ともかくってなに⁉

匂いの意義はわかってるってこと⁉

でも小麦ちゃんがいつの間にかオトナになってるからこそこういうところで普通に振る舞えてるの？　絶対に絶対に絶対に嫌。考えたくない、本当に。

「こっちのは本末転倒って感じだわ」

小麦ちゃんの視線の先には、『内側に局所麻酔塗布☆スーパーストロング分厚さ自慢』。

「クライマックスをずうっと先延ばしにできる代わりに、快感が希薄になるって、……変よね？」

小麦ちゃんは静かに言う。

え、それも経験談？　稲田そんなん使うの？

それともまさか、細く長く平穏に生きても、爆発《ばくはつ》的な絶頂がない人生は嫌だっていうロックな主張をしたの……？

でも、そんな含蓄《がんちく》あるようでまったくない意味深なこと言われても困るよ、え、深読みしてる、わたし？　って混乱しすぎてもう、思考回路がめちゃくちゃ。

「あ、じゃ、じゃあ、これにしようかな」

もう早くこの場から離れたくて、適当に丸い缶ケースをつかんだ。携帯用のヘアワックスみたいな形状で、あんまり見た目避妊具っぽくないし。

六個入りって書いてあるし、個数にも文句ないでしょ。

「ああ。ケースに入ってるし、いいかもしれないわね。持ち運びもしやすいし。ほら、財布とかに入れるのって傷がつくから」

「そ、そうなんだ」

「財布の中で擦れて傷がついて、せっかく買ったのに劣化したら全然意味ないでしょ」

「へー……」

「あ、あと油分がつくと途中で破れるかもしれないからお菓子触ったあととかハンドクリームのついた手で触らないのよ」

あの、なんでわたし小麦ちゃんからガッツリ性教育受けてんの……？

すっごい虚無なんだけど……。

「あっ、あっ、でも、やっぱり、わたし、これ、買ってるとこ誰かに見られるの恥ずかしいかもー」

そうだよ、あんまり驚いたからついうっかり普通に買おうとしてたけど、大天使桜子ちゃんだよ？　解釈違いすぎるでしょ。なんだったら、『え、避妊具ってなんですかぁ……？』みたいな感じだと思われてるでしょ。嘘。それはさすがにやばい。保健をさぼりすぎ。低レベルな性教育に警鐘鳴らさなきゃだよ。てかなに言ってんの？　なにこれ？　ホントになに？

「わかったわ」

小麦ちゃんはケースを取った。ついでに棚からもうひとつ、同じものを持つ。

「じゃあ私が買ってくるわね」

「えっ？」

わたしがあっけに取られている間に、小麦ちゃんが会計に向かう。

「はい」

戻ってくると、こともなげに、品物が入っている茶色の紙袋をわたしに渡してくる。

「わ、わー……い？　お、おそろいだー……？」

それってつまり小麦ちゃんも使うってこと？

「おそろいのものを買うのって、ちょっと照れちゃうわね。二人で初めて一緒に買い物に行ったときみたいで」

「あ、こ、これね？　友情の証《あかし》っ！」

わたしは自分の髪につけているピンを指差す。

小麦ちゃんが胸ポケットにつけているのと同じピン。

仲良くなったばっかで、お互いなんか照れてて、わたしが浮かれて勝手にこのピン渡して『友情の証だよ！』なんて言って。

その翌日、学校で会って、あー、小麦ちゃんは恥ずかしがり屋だもんなー、ピンつけてくれないんだなーとか思ってしゅんとしてたら、実は胸ポケットにつけてくれてて、しかも顔を真っ赤にしちゃってて、もーすっごい可愛いこの子っ！　て内心大はしゃぎだったよ……。

その大切な思い出が、こんなんで塗り替えられちゃうの……？

9

桜子を連れて薬局で買い物をしたあと。

私の所用で同じ駅ビルの百均に寄ってから、その階の女子用トイレに入った。

「えーと、小麦ちゃん、なにかな？」

トイレの個室に二人きり。

そうそうないはずのシチュエーションなのに、桜子とだとなにかとご縁がある。

まさかこんなことのために連れ込むなんて思ってもいなかったけど。

桜子を便座に座らせて、私はその正面に立っている。

「練習しましょ」

百均で買ったばかりの木製のめん棒を手にして。

「えあ？　れ、練習？」

「つける練習よ」

自分でも買っておいたコンドームを取りだしながら、さも当然のことみたいに言う。

「これを安芸のだと思って。ね？」

私は木製の麺棒《めんぼう》を桜子の手元に持っていく。

「そのときが来て、初めてつけるなんて慌ててうまくいかないかもしれないでしょ。避妊のために、練習、ちゃんとしておきましょ？」

とにかく、稲田くんと初体験を迎えたという嘘を、桜子に信じ込ませなければいけない。

それが私の使命。

だから使ったこともないコンドームを慣れているように買った。

は、恥ずかしかった。別に恥ずべきものでもないのに。なんというか、私が似合わない乙女チックな小物を買おうとするときの抵抗感。絶対被害妄想なんだけど、笑われてる気がする、あの感じ。

そして、今、ダメ押しに、講習会を開いている。

疑われている現状、これくらいのことを平然とやってのけなければいけない。

幸い、私には知識だけはあった。

なぜって。

実は、三日間の恋人同士のとき、ちらりとこういうことも頭によぎったから。

一回だけ、思い出に、後腐れなく、玄と――なんて。

だから、夜中、真っ暗な部屋の中、布団《ふとん》をかぶって、スマホで、ちょっとだけ勉強をした。

コンドームの製造元のホームページは十八歳未満でもアクセスできるんだって変なところで感心したものだったわ……。

だけど、朝起きて、恐るべし深夜テンションって我に返ったのよね。

さすがに一足飛びすぎるし、それは未知すぎて心残りというほど切望してなかったし、なにより玄がオッケーするはずがないって。

まさかあの暴走がここで役立つなんてね。……いえ、私は今も別種の暴走をしているともいえるのだけど。

クッキーや蕎麦《そば》生地を伸ばすとき以外でめん棒を使うときが来るなんて……。

「あははー、中学のときに性教育の授業でこういうのあったなー……」

桜子はかなり戸惑いながらも、私が真剣だからか、こんな行動につきあってくれている。

きっと桜子はパニックのあまり判断力を失って受け入れるしかなくなってるんだと思う。

でも、だからこそ、私はもう前の加二釜小麦とは違うんだって思わせることができる――はず。私のやってることは奇行に近いってわかってるけど、この勢いと迫力が妙な説得力を生む――はず。もはや引き返せない。

安芸と私の三日間を桜子に知らせないためには、私は稲田くんと早々に寝た、実はとんでもない恋愛体質の女子って思われてもいい。いえ、思われなければならない。

桜子はくるくると根元のほうに向かってコンドームを下ろしていく。ゴムくささが鼻をついた。桜子は実際こういうことを安芸にするのかしら、と思ったら思わず無言になってしまった。

「……桜子、器用ね」

天然ゴムラテックスをまとっためん棒。

「でも、最初にまず裏表の確認してね。はい、やり直し」

「え。ま、またやるの⁉」

「たとえば裏側だったたって気付いてから外してつけ直し、とかしたら、もう避妊効果ないでしょ。だから最初に確認するの」

「う、うん」

「それから、空気を抜くのも忘れないで。途中で外れちゃったらどうするの」

「あの、小麦ちゃん……」

「そう、上手」

もっと手早く、とか、巻き込まないようにね、とか、私はいかにも経験者といったふうを装った。

もはや洗脳してる気分だった。

桜子はすっかり無口になっていた。私自身に私のイメージを塗り替えられて頭の中がごちゃごちゃしてるんだと思う。

トイレから出る前に、私はいつも胸ポケットにつけているピンを、髪につけかえた。

桜子と同じところに。

友情の証をよく見えるところに。

稲田くんのことを疑われて、安芸との三日間の秘め事がばれるんじゃないかって、やましくなって、それで……、これ、露骨な友情アピールすぎるかしら。

自分が嫌になる。

でも、桜子には心穏やかに過ごしてほしいから。安芸と私の過去に気付かないでほしい。

それに、鏡を見ればいつでも目に入るところにピンがあれば、わたしだって血迷うことはなくなるはずだから。

玄は私を選ばない。私にはもう桜子しかいない。何度も何度も頭の中で反芻《はんすう》した言葉を今一度繰り返す。

そう、だから、今の私には、なによりも、桜子が大事。

10

『初めて』を大事にする人としない人がいるよね？

男子のほうがコンプレックスに思う人が多そうだけどさ、女子の中にもそりゃいる。処女って恥ずかしいだとか、大人ぶって経験済みの印籠がほしいだとか、あと単純に性に奔放とか、まあ、とにかくさっさと捨てたいってタイプの子。

でもさ、絶対に、絶対に、小麦ちゃんはそうじゃないじゃん。なんだったら、一回目のことを一生背負うくらい重く考えそうじゃん。使用済みの避妊具持ち帰りそうじゃん。いやまあそういう情の深いところも好きなんだけどさ。

だから、小麦ちゃんの行動が全部わけわかんなかった。

……安芸くんのことを忘れなきゃって、おかしくなっちゃったのかな。

それで、勢いのまま、やけっぱちで、稲田と……？

ありえない。ありえないよね？　でも、やけに避妊具に詳しかったのは事実だし、今までそうじゃなかったんだから、それは最近増えた知識ってことだし、だけど、信じたくない。

仮に。仮にだよ、あくまで仮に。小麦ちゃんが自らの意思で、稲田とそういうことしてたとして。

……それもこれも、わたしが、さっさと稲田とつきあわなくていいんだよって言わなかったせい？

どうしよう。

今さらなにも言えない。絶対言えない。

安芸くんと小麦ちゃんは両想いなのに、小麦ちゃんは好きでもないやつと取り返しのつかないことしたんだよ～ってそんなふざけたこと言えるわけない。

小麦ちゃんにはもちろん、安芸くんにも。なにしてんだよお前って絶対に失望される。

「あれ、鳩尾さん、なにしてんの。加二は？」

「――――ひゃあっ⁉」

背後から、安芸くんに声をかけられた。

び、びっくりした。

駅の改札内なんだから、安芸くんがいてもおかしくないんだけど、いきなりだったから。

長いことぼうっとしちゃってたみたい。

小麦ちゃんとは乗り場が違うから、階段を上っていく小麦ちゃんの背中を見送って、それからずっと立ち尽くしてた。

「あ、小麦ちゃんはもう電車乗って帰ったと思う……、結構前に……」

安芸くんは少し残業するって残ってたんだっけ。なんか進行台本の進捗《しんちょく》確認がてら世間話に来た体育祭実行委員会の人に捕まってたみたいだし、想定以上に帰りが遅くなったんだと思う。

だからわたしに対しても、まだいたんだ？　ってちょっと驚いてるのかな。

「もしかして俺のこと待ってた？」

「……あ、そういうわけじゃなくて」

あー、もー、そうだよ～って可愛く言えばよかったのに。じゃあなんでここにいるの？　って不自然に思われるでしょーが。

「買い物したの？」

「え？　あ、うん、そう」

しまった。なんで茶色の紙袋をリュックにしまわなかったんだろう。トイレ出てからずうううっと握りしめてたよ……。

手に持ってるものを意識した途端、つい脱力してしまった。

「――あっ、やだっ」

わたしの手から茶色の紙袋が離れる。最悪なことに、握ってたせいで袋の口元が緩《ゆる》くなってて、中身が転がり出てしまった。

床を転がった小さな缶は、かつん、と安芸くんのつま先に当たる。

「おっと」

触らないで！　という声すら間に合わなかった。

安芸くんが腰を折って缶を拾い上げる。流れるまま、安芸くんはそれに視線を落とす。

あ～……。

「あのっ、それ、べ、便利だよね、そういう持ち運び用のワックスって！」

い、いけるかな、これで。

「旅行とかに行くときに化粧水とか小分けにしてるんだけど、その小さいワックスの存在に気付いたときに、そのまま持ち運べるってすごく感動して」

そうだよ、見た目区別つかなくない⁉　安芸くんが淡泊《たんぱく》なことに今だけは感謝！　いけるよね⁉　気付かないでしょ⁉

安芸くんは、不自然に視線をうろつかせた。

「あ、あの、鳩尾さん、その……、多分、多分だけど、本当あの、差し出がましいんだけど、商品間違えてるから、返品してきたほうがいいかもしれないなって……」

普通にばれてるし！

「な、なんで？　なんでわかったの？」

「てことは鳩尾さん、あ、いや、桜子、今、ごまかしてたってことか⁉　ごめん、俺、空気読まずに、その……」

「あああ、謝らないで、逆に気まずいから！　あ、安芸くんも買ったことあるってこと？」

「い、いや、フタに思いっきりメーカー書いてあるし、そのメーカー有名っていうか」

「あっ、え、これ……？」

本当だ。ロゴとか全然見てなかったけど、確かにちょっと俗っぽいバラエティ番組とかで、ちらっと耳にしたことある名前だ。じゃ、じゃあもう最初からばればれだったの⁉

「……あの、桜子、そういうの買うってことは、もしかして……」

安芸くんが言葉を探している。そうだよね、こういうの持ってるってことは、わたしがやる気満々みたいだよね。がっついてるって引かれるの嫌なんだけど……！

「ち、違うの。その、小麦ちゃんと一緒に、ノリで、買って……」

あ。

ばか。

言わなくていいこと言った……。

「……加二も買ったの？」

安芸くん、表情なくなっちゃってんじゃん……。

「あ、う、うん、あっ、違っ、でも、別に、そう、実際使おうとかじゃなくて……、人生経験っていうか、備えあれば憂いなしとかそういう感じだから。もー、ほら、わたしも小麦ちゃんも降水確率十パーセントでも傘持つから」

どうしていいかわかんなくて、適当なこと言いすぎてる。

「ほんと、だから、わたし、いらないっていうか。あ、安芸くんにあげる。安芸くん、持ってて。じゃ、じゃあ！　帰るから！」

三十六計逃げるにしかず。

わたしは安芸くんがなにか発言する前に階段を駆け上がる。

直接聞かれても、メッセージを送られても、もうこの話題は恥ずかしいから触れないでって言おう。

でも、……安芸くんは、小麦ちゃんと稲田の関係が予想外に深まってるって気付いちゃったかな。てか、講習会されたわたしでさえ半信半疑なのに、そこまで考えない、かな。

安芸くんは小麦ちゃんのことどう思うだろう。

稲田とのことは、もはや自分が口を出す領分じゃないって思って、わたしだけを見てくれる?

わたしが、勝つの?

だとしても、こんなの、わたし、全然、喜べないよ……。

11

缶ケースの正体がすぐにわかったのには、メーカー名のせいじゃなくて、実は理由がある。
☆《ねーこれ可愛くない?》
☆《※缶ケースと、その中身であるポップなデザインが施された丸い小袋の画像※》
姉ちゃんからのメッセージで見たことがあるからだ。

……どうでもいいけど、姉ちゃんの名前欄がいつなんどきも記号ひとつだけなのが常々気になっている。個人情報死んでも漏《も》らしたくないんだなあの人……。

☆《彼女とそういうことするつもりなら買っとけば。財布に入れるなマジで。財布から出してくるやつ本当にキツイから。財布に入れてると金運が上がるってあたしらの世代で死ぬほど流行った噂話もあるんだけどスピ系信じてやってるとしてもキツイ。弟がそんなだせえ奴になったらお姉ちゃん泣く》

長いよ。なんでそんな不倶戴天《ふぐたいてん》の敵みたいに嫌ってんだ。過去になんかあったのか。

そもそも姉弟間でする話でもない気がするんだが、うちは年齢離れてるせいか、なんだかんだこの手の話題の風通しがよすぎるんだよな……。

鳩尾さんに渡された缶ケースは持ち帰ってとりあえず部屋で保管しておいた。

深堀りするのはやめておこうと思った。

どういう展開で小麦とこれを購入するに至ったのか、深く考えると俺の心が真っ黒に濁りそうだった。鳩尾さんが俺になにか期待してるのかな、と、そっちでそわそわするべきなのに。

だからもう意識的に忘れるよう努めた。

小麦にも、鳩尾さんにも、もちろん稲田にもなにも聞かず、普段通りに過ごして、数日後。

体育祭当日になった。

特に大きな問題も起こらずに進行している。

実況は基本的に俺と鳩尾さんの二人。

一応俺が部長ってこともあってメインMCだが、鳩尾さんが喋ったほうがみんなうれしそうだ。声も可愛いしな。

小麦は俺と鳩尾さんが種目に参加して抜けるときに入る役割だ。だから放送席付近ではなく、クラスの待機位置にいる。

ちなみにクラス参加種目は、俺が百メートル走、鳩尾さんが応援合戦、小麦が障害物競走。

障害物競争はお笑い種目というか、通常、ボケたがりや目立ちたがりの奴が出る。だが、その手のタイプが全員応援合戦にいってしまったため、なんだかんだじゃんけん勝負になった。勝負に負け続けて小麦に決まったときに、教室がざわついていた。網くぐり、三輪車、ハードル、ぐるぐるバッド、パン食い。小麦がやるイメージないからな……。

とはいえ、今から見られるわけだが。

「さあ、次のレースはわたしたち実況組のクラスの選手も出てますねー！　部長、贔屓して実況しちゃってもこっそりしてればばれないですかね？」

「マイクオンで相談しないでください」

ベッタベタな掛け合いに会場から笑いが返ってくる。鳩尾さんのキャラゆえか、わりと反応があたたかい。

だが、小麦は特に笑いもせず、スタート位置についた。

体育祭仕様なんだろう、小麦は髪を左右で三つ編みにしていて（ポニーテールとかだと網に引っかかるからだろうな）、はちまきをしている。

それから、鳩尾さんとおそろいのピンをつけている。

以前、鳩尾さんに聞いたことがあるが、初めておそろいで買った友情の証、らしい。

なぜか最近——具体的には俺が鳩尾さんから避妊具をもらった日？——小麦はピンをいつもの制服のポケットから髪の毛に移動させた。いや、本来つけるのにふさわしい場所に移しただけなのだが、なんで突然そんなことをしたのかは不明だ。気まぐれ……なのか？

とか考えている間に、レーススタートのホイッスルが鳴る。

鳩尾さんはああ言っていたが、ちゃんと平等に実況をする。

二番手といういい感じのペースで網くぐりを終えた小麦は、ズレたはちまきを直そうと頭に手をやった直後、網に戻った。

ほかの選手にどんどん追い抜かれていく。

「あれあれー、どうしたんでしょうねー？　なんか落としちゃったんでしょーか？　あとから係が回収しますから早く早くー！」

そこまで言ってから、鳩尾さんははっとして、マイクから口を離す。

「え、あの、もしかしてピン落としちゃってる……？」

確かに、あのジェスチャーから考えられるのはそれしかない。

小麦は友情の証を最優先したのだ。

大事なんだろうな、レースを半ば放棄するくらい。

鳩尾さんは素直に喜べないだろう。順位転落の責任が自分にあるとも言えるからだ。

障害物競走でほかの選手から距離が空いて遅れるのはなかなかつらい。注目の的。

しかも自己都合で足を止めたんだから、小麦じゃなかったらなにやってんだよー！　と野次のひとつも飛ぶところだ。

しかも、いつもクールな小麦が三輪車だのぐるぐるバッドだの滑稽なことをやっているのは、逆に笑いにくいみたいで、場がちょっと白けている。

「おっとようやく最後のパン食いに辿り着きましたね！」

「小麦ちゃん、がんばれー！」

「はい、結局、贔屓丸出しですが、がんばってくださーい」

俺と鳩尾さんでなんとか盛り上げようとするが、まあ、みんな、乗ってくれやしない。早くゴールしねえかな、みたいな雰囲気だ。

つるされたパンに小麦が口を開けて飛びかかるが、なかなかうまく取れない。

ちょっとじりじりしてきて、一瞬俺と鳩尾さんの実況にも隙間《すきま》ができた、そこに。

「がんばれ――――っ！」

男子の大声。

「もうちょっとだ――――っ！」

声の発生源の周辺がちょっとざわついていた。当たり前だ。体育祭の色分けからしたら小麦の敵で、しかも普段寡黙のプロである稲田の声だったんだから。

カラオケでは大いに照れていたのに。「え、どうした稲田？」「ていうか、あんな大声出せるんだ？」「てかお前加二釜さんのなに？」とばかりに大注目を浴びている。

その声援に応えたかのように、小麦はパンを捕まえて、くわえて、ゴールテープを切る。あっけにとられた空気の中、稲田だけが両手が痛くなりそうなほど激しく手を打ち合わせていた。

……漫研のやつなら、見せ場って呼びそうなところだ。

物語序盤になにか不得意なものがあると描写された人物は、大抵、それを克服するシーンが終盤に用意されている。高所恐怖症なら大切な人のためにすくむ足を叱咤《しった》して高いところに向かうし、水が嫌いなら愛する人のために躊躇なく海に飛び込む。

引っ込み思案で、恥ずかしがりの稲田が、追い詰められた小麦のために、なりふりかまわず、大声を出して応援する――。

小麦の心が震えて、感銘を受けて、幸せに暮らしました、めでたしめでたし、だ。

まるで、小麦の物語に俺は必要ないって突きつけられたかのようだった。

……なに今さら衝撃受けてんだよ。

わかりきってたことだろうが。

百メートル走では稲田と偶然一緒になった。しかも同じレース。

実況は、鳩尾さんと小麦。俺とつきあっていることが公になっている鳩尾さんだが、淡々と選手紹介をしている。百メートルはガチ系種目と認識されてるので、おふざけ実況をしないのが通例だ。

だから、鳩尾さんが俺を特別応援することもしないし、小麦は、……当たり前に俺を応援しない。

「……安芸、足が速いんだな」

走り終わったあとで、稲田が声をかけてきた。

俺が一位、稲田がドベ。

「あー、うん、まあ、速いけど、陸上部員とかいなかっただけだしな、今」

「格好いいとこ見せようと思っていたのに俺は負けてしまった」

誰に？　聞くまでもない、小麦にだ。

「……安芸に負けたのは悔しい」

なにを対抗してるのか知らんが、別に負けてないだろ。全然負けてない。お前の勝ちだろ。

これがもし実況がゴリゴリに入るレースだったとしたらお前は小麦に応援されてるだろ。さっきのお返しとばかりにさ。

……レースの話をしていたはずなのに、俺はなにを考えているんだろう。


昼が明けてすぐ、鳩尾さんの応援合戦があった。

応援合戦は、参加チームが音楽の構成や掛け声自体をこだわっているので、余計な声出しはしない。ただ見ているだけだ。報道部の役割は特に多くない。

だが、念のため、鳩尾さんの放送席には代わりに小麦が座っている。

おかしいな。

幼なじみなのに、ずっと一番そばにいたのに、三日間の恋人ごっこではあんなに距離が近かったのに、尊敬していた相手なのに、一体なにを喋っていいのかわからない。

小麦は台本を入念にチェックしていて、俺のほうを見ない。

謎《なぞ》に焦る脳内とは裏腹に、会場には底抜けに明るいアップテンポな音楽が流れている。

鳩尾さんはチアの衣装を着てポンポンを持って踊っている。

チームの男女全員、おそろいの衣装でそろえていて、スカート丈がなかなか際《きわ》どい。昔流行ったコント番組のダンスを基《もと》にしているらしい。

恐ろしくキレッキレでぴったりそろっていて、可愛いよりもただただ圧倒される。

鳩尾さん、部活に参加しながらここまで仕上げてたのか……。

隙間時間とか使って、陰ですごく努力してたんだろうに、全然俺には見せなかったな。いや、俺が見てなかったのか。疲れてるかも、とか少しも気付かなかったし、だからマッサージでもなんでもなにか気を利かすようなこともしなかった。

俺、なにしてんだろう。

鳩尾さんのことは好きなのに、なんで余所見《よそみ》してんだろう。

どうしていつまで経っても鳩尾さんの想いに応えられないんだろう。

……いや、自問自答はもういい。今この瞬間からでも遅くないんだ。

俺の目を鳩尾さんを見るためだけのものに変えるんだ――。

「はー……、鳩尾さん最高すぎる……！」

俺のすぐ近くで感極《かんきわ》まった声がする。保健委員だ。お前が鳩尾さんを見るためだけの目をしてんのかよ。

実況席の近くには救護スペースが設けられていて、今の時間の担当は同じクラスの男子で、つまりは見知ったやつだった。

「……鳩尾さんのこと好きなのか？」

「いや、好きっつっても、安芸に喧嘩売ろうとは思ってないから」

ストーカー的存在だとでも思ったのか、小麦の視線が一瞬保健委員に向けられた。が、無害と判断したらしくまた台本に戻る。

「なんだろなー。つきあいたいとかじゃなくて、鳩尾さんって僕にとっての推しみたいなもんっつーか」

「……アイドル的存在ってことか？」

会話してても保健委員の目は鳩尾さんに釘《くぎ》づけだ。

「いやー、僕はさー、推しにはさー、日々生きてく力とかいろんなものをもらうけど、それって愛情が返ってこないからこそ安心して見てられるっつーか。自分と同じ位置に立たれたら萎《な》えるっつーか。実物が自分の理想と違ったらつまんないっつーか」

「それ同じ人間として見てないってことじゃないか？」

「アハハハ、アイドルはトイレ行きませんってなー」

「推しじゃなくて、自分の理想が好きなんだろ」

「おー、手厳しい。でもまーね、逆に向こうから認識もされたくねーしね、僕は。認知もらったーとか喜ぶの意味わからんもん。二人で飯を食う権利と、ステージ最前ど真ん中に座れる権利なら、僕は絶対後者が欲しい。嫌じゃーん、憧《あこが》れの人が普通の人間だったら」

「なんかこう……いろいろあるんだな」

こいつの場合、偶像化だ。大天使を文字通り大天使だと思っている。

本当の姿なんか見えなくていい。

自分の都合のいいところだけがほしい。

いや、…………好意なんだろうけど、結構ひどいな。

実際の本人は関係ない。生身の感情は不必要。人形遊びと大差ないんじゃないのか、それ。

偶像化、偶像化ねえ。

心の奥をざらりと撫《な》で上げられた気分だ。

なんだろうな、……なにがこんな引っかかってるんだろうな。

恋人がそういう目で見られているからか？　鳩尾さんは確かに大天使だが、ちゃんと怒ったりするのに、それはないものにするのかよって。——いや、そういうんじゃないんだよな。

鳩尾さんの出番が終わっても、俺は考え続けている。

偶像化、偶像化……？

俺はこいつにいらいらしたんじゃなくて、なにか共鳴したような、でも、それがなにに起因するのかは——。

そこで考えるのをやめた。

体操服に着替えてこちらに向かってくる鳩尾さんが目に入ったからだ。

案外戻りが早かった。まだほかのチームの応援合戦の最中だ。

「……鳩尾さん、足くじいたかなんかした？」

鳩尾さんが小麦と入れ替わりで放送席に座ろうとしたところで、俺は聞く。

「え、なんで？」

「今、右足、微妙〜に引きずってたから。ダンスの最後らへん、すごい回転するとこあったし、あれでひねったのかなって」

「……おー、さすが！　ザ・観察眼だね、安芸くん」

「大丈夫なの、桜子。見てもらったほうがいいんじゃない？　救護の係とかじゃなくて、先生呼んできましょうか。どこに行ったのかしら」

小麦が心配そうに言う。

同じ位置に、おそろいのピン。友情の証。象徴的だ。

小麦は本当に鳩尾さんのことを大切にしている。

「平気だよ？　実況はできるよ、座ってるだけだし」

「ちょっと、足、見せて？」

「え、いい、いい、ぎゃー！　小麦ちゃん、だめだめ！」

「やっぱり、ちょっと腫《は》れてるじゃないの」

抵抗むなしく、鳩尾さんは靴下を小麦に奪われた。

「ぼ、僕、先生探してくる」

保健委員が席を立つ。

「あっ、ちょっと、……行っちゃった。もー、いいのに。そんな深刻でもないよー？　変色とかしてるわけでもないし」

「桜子、ここ軽く触るわよ?」

「痛っ」

「ほら、ごらんなさい。なんでそう負傷を認めないのよ?」

「だって、ちょっと手当てすれば全然問題ないから、あの、ホントに、全然……」

「鳩尾さん、なんか怪我《けが》してないことにしたい理由でも……」

——あ。

答えを聞く前に、わかった。鳩尾さんがここまで頑《かたく》なになっている理由。

「もしかして、ペアダンスに参加できなくなるからか……?」

気付かれた、と鳩尾さんの表情が陰る。

「そんな無理して出るものでもないだろ?」

「うー、だって……」

「桜子、そんなに出たかったの?」

「わたしが出たいっていうより、えーと」

「……安芸が出たがってるの?」

「そ、そうじゃなくて、……あ、でも、そう、そうなの。え、どうなんだろ。そうだし、そうでもない? あの、安芸くん、ごめんね。ペアダンス踊れなくなっちゃったね」

よほどショックが大きいのだろうか、発言に混乱がある。

「いいって、そんなの。鳩尾さんが怪我したほうが心配だよ。ダンスもリベンジの機会はあるしさ。むしろ来年のほうが記念になるよな。三年で最後だしさ」

「安芸くん……」

当然来年もつきあってるよね俺たち、という含みをもたせた言葉をわざわざ吐いた。

小麦にちゃんとした姿を示さなければ、と思った。

俺は鳩尾さんしか見てない、と。

反応は特になく、小麦は鳩尾さんの足首から目を離してなかったが。

ほどなくして保健委員が養護の先生を連れて戻ってきた。鳩尾さんの足に包帯が巻かれる。そこまでひどくはないらしい。踊るのは無理にしても、座って実況くらいはできる。

「あ、じゃあ、ペアダンス、加二と稲田が出れるな」

気付いてないふりをして進めようかと思ったが、触れないわけにはいかなかった。

だって俺は小麦と稲田のことをなんとも思ってない——ことにしないといけないから。

「出場権譲渡ってことで。加二、稲田に伝えておいてくれるか」

「あ、あの、でも、見世物みたいになっちゃうの嫌なんじゃないの？」

鳩尾さんはあわあわしている。

なるほど、そういう心配していたのか。

「いいえ、大丈夫よ、桜子。ありがとう。……別に出なくていいと思ってたけど、こうなってみるとうれしいわ」

小麦は微笑んだ。

俺は、そうか、と声に出すこともできなかった。

そもそも別に俺の返事なんか待たれてなかった。

去っていく小麦の背中から俺は目を逸らす。


全演目が終わり、ペアダンスの時間になった。

「参加する方はグラウンド中央にお集まりください」

実況席には俺と鳩尾さん。

学年全カップルが参加するわけでもない。お祭り騒ぎに乗っかるやつばかりじゃないのだ。

体感として、一クラスからマックスで三カップルってところだ。

わらわらとカップルたちが集まりだす。

そして、ある瞬間、どよめきが起こった。

小麦と稲田が一緒にいるからだ。

二人の姿を見て、二年、特にうちのクラスと稲田のクラスがパニック状態になっている。

「加二釜さん彼氏ができたって断るための口実だと思ってたのにー!」とか、「相手って稲田だったんだー!」とか、「接点なくね? 意外ー!」とか。あとはまともな文章も作れず、ひたすら、ああああってわめいてたり、ずるい、稲田ずるい、とか叫んでいる。

始まる前から盛り上がっていた。

音楽が流れだす。

ギャラリーは踊るカップルの見学。

だが、「来年は絶対俺も踊ってやるからなー！」と決意表明のヤジやら、友人カップルを冷やかす声やら、ここぞとばかりの指笛やらで、案外みんな、楽しんでいる。

俺と鳩尾さんも控えめなマイクを入れる。

「来年頑張ってくださーい」とヤジに応えたり、「音楽の鳴ってる間はまだまだ参加できますよー」と案内したり。

役割として、全体を見渡していないといけない。

当然、グラウンドも目に入れてないといけない。

なんで。……なんで、よりにもよって放送席のド正面に陣取ったんだ、小麦。

踊っている稲田と小麦を、なんで俺は見ていなくてはならないんだ。

ペアダンスは体同士が触れる振り付けが最初のほうには存在しない。

曲の半ばになって、片方が片膝《ひざ》をついて手を差し出し、相手はその手を取って、そこから手を繋いだ状態でダンスが続く。

その部分に差しかかった。

稲田が小麦に手を差し出す。

小麦がそれに応えて、手を伸ばす。

同時に。

俺の頭の中に、洪水のように身勝手な言葉があふれ出す。

俺は小麦に選ばれてなくて、鳩尾さんしか見ないはずで、なのに、どうしても自分の気持ちが抑えきれない。

小麦。

お前、水族館に行ったとき差し伸べた俺の手は取らなかったのに稲田の手は取るのか。なんで稲田とつきあいだしたんだよ。俺のことが好きだって言ってたくせに。稲田もなに小麦に受け入れられてんだよ。お前なんか今まで小麦の視界の片隅にもいなかったくせに。小麦の小さな頃のことをなにも知らないくせに。なのに避妊具を買うような行為に及《およ》ぼうとしてるってのか。小麦をそこら辺の女子と同じように見るなよ。お前に小麦のなにがわかるんだよ。小麦のことが好きだと？　ふざけるな――――。

小麦の手が、稲田の手に重なりそうになる、その瞬間。

「――――――俺っ……！」

あまりの大声に、キィン、とマイクがハウリングした。

誰の声だろう。

……と、一瞬現実逃避をしてしまった。

俺だ。

俺の声でしかない。

全校生徒の目がこちらを見ている。

音楽は変わらず流れているが、三分の一くらいのカップルは動きを止めていた。

やってしまった。

口からこぼれ落ちそうになった言葉をすんでのところで止めたせいで、誰からも意味不明な、悪目立ちするだけの叫び。

主役をぶんどるような真似《まね》をしてはいけない実況で、最低最悪の所業。

本気で理解不能の忌まわしきサプライズ。

「あはは、合いの手ですか、部長？　オ・レ！　って曲調じゃないですよー？」

「え……」

鳩尾さん、フォローしてくれた、のか。

あんなわけのわからない叫びを。

「いやあ、俺——も出たいなっていう心の叫びが漏れちゃいました……」

俺も必死で立て直す。

「えー!? そうだったんですかー!?」

「はは……。来年はこの席から離れられるように、部員募集です……」

なんとかつじつまを合わせた。

——可愛い彼女ができたのに、報道部に部員が足りなくて、ついついぶっ壊れた部長。

周囲もちゃんとそう受け取ってくれたようで、おいおいなんだよー、とか、宣伝に使うなー、とか、ブーイングで済ませてくれて、各々、興味を再びペアダンスに戻した。

稲田と小麦も、結局、手を繋いで踊っている。

それでいい。

今さら俺がどうこう言うことじゃない。

言えなくてよかった。


——俺のほうが先に好きだったのに、なんて。

体育祭が無事に終わったその夜。

私は、台所で延々とマグカップの茶渋を取り除いていた。

自分のだけじゃなくて、家族のぶんも、目についたものは全部。

私は昔から、頭をからっぽにしたいときにはこれをする。……だけど。

どんなにごしごししても、すっきりしない。

頭の中がずっとごちゃごちゃしている。

体育祭の放送席で盗み見していた玄《げん》の横顔だとか、桜子《さくらこ》の可愛《かわい》らしいチアリーダー姿だとか、缶ケースのコンドームだとか、桜子がリュックにつけてるクマとメンダコのキーホルダーだとか、いろいろなことが断片的にぐるぐる浮かんでは消える。

メンダコに引っ張られて、ふと、深海生物好きの桜子から聞いた一説が浮かぶ。

たこが賢いのは、その柔らかい体のせいなのだ、と。

身を守る殻もなく、硬い骨や顎《あご》もなく、そんな体で過酷な海を生き抜くためには頭がよくなければどうしようもない。だから知能が高くなったのだ、と。

でも、それって人間もそうよね。

屋上とかから飛び降りたら死ぬ体だから、高いところでは慎重になる、とか。

……もろい心を守りたいから、ああだこうだ頭をフルに使って自分に対して言い訳をする、とか。

心身を傷つけないために一生懸命知恵を絞る。

今の私もまさにそう。考え事をすると傷つくってわかってるから、考えないために洗い物をしている。でも、逃避し続けることのほうがもっと傷つくってことも本当はわかってる。

だから、結局考えるしかなくなってる。

玄のことを。

……私、しつこく、しつこくしつこくしつこく、どこかでまだ期待をしていたのかもしれない。それこそ少女漫画みたいに甘い展開があるかもなんて、ふわふわしたことを思っていたのかも。

私と稲田《いなだ》くんがペアダンスを踊るのを見て、玄が飛び込んできてくれるかもって。

そんな中で、あの玄の叫び。

一瞬、なんだろうって思った。

意味をマイクを通して解説されて、——俺《おれ》も桜子と出たいって——まだ新鮮にショックを受けられる自分にいっそ感心した。

玄が桜子を選んでることなんてわかりきってるのに。

私だって桜子を大事に思ってるんだから、玄だってそうに決まってるのに。

……玄が今でも私を好きだったら。

ゴールデンウィークのあたりはもしそうならなりふりかまわないかもって思ってたけど、今はもう、周りの目も、私の環境も、なにもかも変わってしまった。

万が一、玄が私を好きでも、自分がどう動くか、今の私にはわからない。

そんな夢物語を考えるより、稲田くんとのことをどうにかしなければならない。

ペアダンスを踊ったことで、全校にカップルだと周知されてしまった。

きっと、これから、周囲の目を引いてしまうだろう。

桜子には体の関係があると嘘《うそ》をついているのに、実際は私と稲田くんは一緒に下校しかしていない。カップルらしさをもう少し表に出さなければ、不自然に思われるかもしれない。

桜子に疑心を持たれたら本末転倒だ。

洗い物を終えて、部屋に戻る。

加二釜小麦《今度の土曜、一緒に出かけない?》

稲田くんにメッセージを打つ。

稲田くんのことは好きになれないのに、うわべだけ整えようとしている。こんなの、彼の気持ちをないがしろにしている。稲田くんはいい人なのに、本当にひどいことを――している。

すぐに既読がついて、了承の返事が来る。

きっと、私から誘われて喜んでいるんでしょうね。

私は全然報いる気がないのに。

デート、って単語さえ使ってあげないのに。

罪悪感で気が重い。玄も私とつきあっているときはこういう気分になったこともあったのかしら。玄は別れてから、私のことを好きになっていた瞬間もあるって言った。でも、私はこのあとどれだけのときを過ごしても稲田くんを好きになることはない。

改めて考えるまでもなく、私は非道だ。

けど、私は桜子だけは失いたくないから。

ローテーブルに置いてある百均の鏡に目をやる。

桜子と同じ位置で留めてあるピン。

もう、これだけは――桜子との関係だけは守る。

桜子は、私にとって、ずっと、ずっと、大事な友達なんだから。

第三部　大天使の堕天

1

大失態。

わたしが足をひねったせいで、ペアダンスに出た稲田《いなだ》と小麦《こむぎ》ちゃんがつきあってるって全校に知れ渡ってしまった。

後戻りできなくなりそうで、それだけは阻止したかったのに。

『加二釜《かにかま》さんがつきあうって、安芸《あげ》ならまだわかるよ。幼なじみらしいし。あ、鳩尾《はとび》さんがいるからそうはならないと思うけど。稲田って。ダークホースすぎじゃん？』

『でもまあ、加二釜さんが選ぶってことは稲田すげーいいとこあんのかもなー！』

『てか二人ともあんまべらべら喋《しゃべ》るほうでもないし、お似合いなのかもね？』

これがクラスメイトの見解。

わたしの中学での知り合いが、美女と野獣だと野獣の評価が上がって（美女が惹《ひ》かれるほど

WATASHI NO HOUGA
SAKI NI
SUKI DATTANODE.

の長所があるんだな！）、醜い女の子とイケメンだとイケメンの評価が上がる（人を見た目で判断しないいんだな！）、不釣合いなカップルはどっちがどうでも男子の評価のほうが上がる、キィ！　なんて言ってたことがある。

結構な世間知らずのお嬢様で、男なんかケガレてる！　って思ってる子だから言うこと極端なんだけど、今回ばかりはその子の言う通りになった。

稲田の評判がうなぎのぼり。

……まー、どうせしばらくしたら、噂《うわさ》が表面上のことじゃないってのも、みんなわかるんでしょ。稲田が人間として真っ当で、あいつは本当にいいやつだなあって。

わたしはその稲田の悪評をでっちあげようとして、失敗して、しかも小麦ちゃんが稲田とセックスしてるとか言うから、もう稲田とつきあうのやめときなよって言える状況じゃなくなっちゃった。なにやってんだろ、ホント。

……たとえ稲田がいい人だろうが小麦ちゃんとの仲を応援しようなんて全っ然思えなかったけど、そうしてあげたほうがいいの？

全部わたしの思い違いで、小麦ちゃんは、もう安芸くんから心が離れてるの？

「なに考えてんのか、わかんないよ……」

こうしたら相手が自分の思い通りに動いてくれるとか、相手がなにを自分に期待してるのかとか、わたし、そういうのはわかる。わかってるはずだった。

可愛《かわい》くて、人気者で、空虚な大天使桜子《さくらこ》ちゃん。

だけど、安芸くんのことを好きになってから、いろいろ変になった。初めての恋だからか知らないけど、慣れない感情に振り回されている。

こうするのが最善って方法があっても、それを選ぶのを感情が邪魔するような、割り切れないことが増えてる。

「うー……」

てか、あんま気にしてなかったけど、わたしとつきあったことで安芸くんの評価も上がってんのかな。別に安芸くんが野獣とか眼鏡《めがね》とかそういうことじゃなくて、いかんせんわたしは大天使桜子ちゃんだからさ。

実は今まで安芸くんに見向きもしなかった女の子とかに『結構よくない?』とか言われてんの?　もやもやする。わたしは可愛い子ちゃんだから絶対勝つし、そのへんの女の子に安芸くんがモテたところで実害なんか全然なくて余裕で見守れるはずなのに、嫌だって思う。

独占欲?　嫉妬《しっと》心?　恋ってなに。格好悪いとこばっか出てくるじゃん。こんな気持ちが自分の中にあるとか知りたくなかったよ。

まー、でもさ、安芸くんはその他大勢なんかどうでもいいんだよね。わたしのことだって一番にしてくれないんだもん。やっぱり小麦ちゃんだけなんだよね。

体育祭のマイクもさ。

明らかに小麦ちゃんと稲田が触れ合うの嫌がってたよね。オ・レ。じゃなくて、俺《おれ》、だったでしょ、どう考えても。しょーもな。わたしのファインプレーでうやむやになったけど。

ホントはどんな言葉を続けるつもりだったんだろう。俺に代われ、とか？　俺の役割だ、とか？　なんにせよ小麦ちゃんに対する執着を感じさせるものだったに決まってる。

「はぁ…………」

安芸くんの部長席に座って、ぺったりと突っ伏す。

放課後。小麦ちゃんはバイトでいない。

安芸くんは明日からの土日で両親が旅行に行くから早く帰ってこいって言われたみたいで、今日は早々に出てった。

柴田ちゃんを連れていけないから誰《だれ》かがお世話しないといけなくて、安芸くんがいろいろやるんだろね。うちはお手伝いさんとかいるけどさ。

体育祭も終わって報道部は一息ついてて、早急にやるべき仕事もないんだけど、わたしは読みたい本があるって嘘ついて部室に残らせてもらった。

部長の席に着いて、べたべたマーキング。

そんなことしても安芸くんはわたしを選んでくれないんだろうけどさ。

……部室全体を見渡せるこの場所から、わたしと小麦ちゃんどっちを見てることのほうが多かったんだろ。

「んんん～～～……、あっ!?」

伸ばした手をばたばたしてたら、フォトフレームに当たった。

がちゃん、と床に落ちて、ガラスが割れる音。

「あああ、もう、やっちゃったよー……」

三人で取った写真。

ガラスもだけど裏板も外れて飛んでった。大事にしたいって小麦ちゃんが言ってたのに、壊しちゃったよ。って、大事にしたいのは中身っていうか概念で、別にフォトフレームそのものではないだろうけど。

「……あれ？」

裏板が外れたことで外に晒《さら》された、写真の裏。

なにか、書いてある。

写真を拾う。手元で見る。近くで、見る。

「…………え？」

ずっと私のことを好きでいてほしかった。

私はずっと好きだったのに。

[redacted]れか[redacted]ず[redacted]好[redacted]な[redacted]に。


小麦ちゃんの字だ。

ペンで書かれているそれは、最後の一行がぐちゃぐちゃに塗りつぶされていて、でもはみ出した部分からなにが書かれていたか推測できる文字もあった。

——これからもずっと好きなのに？

写真の裏。本来だったら絶対見ない場所。

そういえば小麦ちゃんはこの写真を絶対に入れ替えたくないって言ってなかったっけ。

どういうつもりでこれを書いたの。誰かに見せようと書いたわけじゃないんだよね。封印したの？　ここに、自分の気持ちを全部。二度と表に出さないように。自分の恋心の成就は度外視で、親友のためにその身を犠牲にして、浮気《うわき》したのも全部思い出にして、なにもかもなかったことにしたの？

……それとも本当は見つけてほしかった？

わかんない。わかんないよ。でも。

これは、安芸くんへの想《おも》い。

宛名《あてな》がないけど絶対にそう。

……たとえ稲田とセックスしてても、きっと、まだ、ううん、確実に。

小麦ちゃんは安芸くんのことが好きで、それは今も変わってない。

もしかしたらもう手遅れなのかもしれないけど、でも、それでも、こんな大事な気持ちをなかったことにさせちゃうの、絶対に、だめだ。

だから、わたしは言わなきゃだめ。

安芸くんは小麦ちゃんと同じ思いなんだよって。

小麦ちゃんのことが今でも好きなんだよって。

……それで、安芸くんの心がわたしにないってことが、白日の下にさらされても。

2

「小麦ちゃんっ！」

土曜日。小麦ちゃん家の最寄駅でわたしは小麦ちゃんを待ち構えていた。

小麦ちゃんの姿を見つけて、駅公舎から出て小走りに駆け寄る。

「どうしたの、桜子……？　やだ、もしかしてなにか緊急の用事だった？　メッセージくれればよかったのに」

実は事前に、今日会えないか、ってわたしは聞いていた。

そうしたら、土曜日は稲田くんとデートに行くって返事が来た。

止めなきゃって思った。

そんなことしなくていいって言いたくてわたしは今、ここにいる。

駅で待つことにしたのは、家まで押しかけると家族がいるだろうし、話しづらいから。

少し、肌寒かった。

お昼なのに空が曇ってて、暗い。

今にも一雨来そうで、これから言わなきゃいけないことを考えると、心の中が空以上に陰鬱《いんうつ》になる。

でも、伝えなきゃいけない。

「あのね、小麦ちゃん。……稲田くんに会いに行かないでほしい」

「え？　どうしてよ？」

不思議そうにしている小麦ちゃんの私服。

マキシ丈のグレーのプリーツスカートに、体のラインが綺麗《きれい》に見えるぴったりとしたブルーのリブニット。

わざとらしいほどのデート用。稲田のためにおしゃれしなきゃって思ったの？　それとも、好きじゃないからおしゃれをする姿勢くらい見せなきゃ申し訳ないとでも思ったの？

稲田のためにそれを着るのは、絶対違うでしょ。

見せるべき人はほかにいるでしょ。

わたしは、すう、と軽く息を吸った。


「……だって、小麦ちゃん、安芸くんのこと好きなんでしょ？」


小麦ちゃんはすっと前髪を留めるピンを押さえた。最近ずっとそこにある、わたしとおそろいの、友情の証《あかし》のピン。

手をかざしているせいで小麦ちゃんの表情が見えなくなる。

「はあ？　ふふ、ちょっと、もうなに言ってるのよ」

あきれて思わず笑ってしまった、って感じの小麦ちゃんの声色《こわいろ》。

冗談にしようとしてる。

でも、だめだよ、もう、わたしも逃げないから、小麦ちゃんも逃げないで。

「これ……」

わたしは斜めがけにしているバッグから写真を取りだして、小麦ちゃんに見せる。

部室から持ち出した三人の集合写真。表面ではなく、裏面の文字を。

「……取りだしたの？」

声から感情が消えた。

小麦ちゃんはずっと手を動かさないから、まだ顔が見えない。

なんだか知らない子を相手にしてるようで、少し怖くなってくる。

「あ、あのね、ちょっと事故で、落としちゃって、で、でも、これを見たから聞いてるんじゃなくて、小麦ちゃんが安芸くんのこと好きだって、わたし、知ってたの、ずっと。わたしが安芸くん好きって言ったとき、それが小麦ちゃんの好きな人だってこと、知ってて、ええと」

あれ？

どうやって伝えるかすごくシミュレーションしたのに、言わなくていいことを言ってる。

わたしがなにもかもを知ってるなんて伝える必要なくて、元カノさんの正体にふと気付いてとかなんとかでっちあげて、自分の立ち位置を守って、――安芸くんが小麦ちゃんを好きだってことだけ言えばいいのに、思うように口が動いてくれない。

なんで？　頭の中がぐちゃぐちゃになって、うまく話せない。

安芸くんの本当の気持ちを、……言いたくないの、わたし？

「……知っててどうして黙ってたの？」

「え、ええと」

舌がもつれる。

どうしてって、どうやって想定していた話に復旧させればいいんだろう、どこから、どう話せばいいんだろう、最初から？　最初って？

「あ！　あのさ、新作のチョコレートのCMを見たとするでしょ。で、イイネ、おいしそう、明日すぐに買いに行こう！　って決める。これでさ、チョコ食べたくなるのがさ、自分の意思だって思ってんのかな、みんなは？　って、わたし、ずっと不思議で」

「……なんの話？」

ホント、なんの話だろう。

「あの、自由意志か運命かなんて古典的で大げさな話をしたいわけじゃなくて。わたしはね、このCMと恋愛が同じに見えるっていうか……」

小麦ちゃんは手を髪から離したけど、うつむいている。

わたしを見てくれない。

余計なことを話してるのはわかってるのに、結論をさっと言えない。時間稼ぎめいたことをしてる。なんで。どうして。小麦ちゃんもわけわかんないだろうけど、わたしが一番わかんないよ、こんな感情。

「ええとね、存在を示されるまでは興味なくって、手に入れたい欲求すらなかったくせに、世間がいいものだって宣伝するから、したくなってるだけなんじゃないの？　って。だから、幼稚園のとき、安芸くんのことが好きで、初恋だと思ってて、でも、正確には、よく遊ぶからほかの子より好意的に思ってたくらいのもので」

安芸くん、って言葉に小麦ちゃんがちょっとだけ反応した。ぴく、って肩が動いた。

「それでね、安芸くんはある日突然、幼稚園をやめちゃって、わたしはなんでなんにも言ってくれなかったのって怒ったけど、しばらくしたらどうでもよくなって、あのね、正直ね、離れたらすぐに忘れる程度の気持ちだった」

そう、小麦ちゃんとのバチバチ勝負の材料にできるとか考えてた程度なんだもん。好きな人が同じなんて友情の燃料になるじゃーんって。

取り立てて大切な思い出でもない。ないはずだった。

「だからなのかな、『好き』には種類があって、恋愛の『好き』が特別扱いなのが納得いかなかったんだ、ずっと。わたしに告白してくる人だって、すぐにほかにいくし」

あれは好きじゃなくてただの性欲だから除外すればいいのかな。ナンパとかと一緒に思えるもん。ヤれるって判断した子には可愛くなくても可愛いって言うし、ヤれないってわかった途端、わたしみたいな可愛い子ちゃんにもブスって言うし。正直性欲と恋愛の違いもよくわかんない。わたしには全部、難しかった。

今も、難しい。

「将来結婚するんだって言ってた中学のときの知り合いもすぐに別れてたもん。恋愛しない人が冷血人間みたいに言われるのもよくわかんない。家族愛とかには厚いかもしれないのに。恋愛の『好き』なんてよわよわで、恋愛ホルモン的なのって三年持たないってよく言うでしょ。一過性のものに振り回されることないよって。恋愛って本当にしょーもないことだって思ってて」

だから、小麦ちゃんが安芸くんを好きだって気持ちも、見くびってた。

「でも、それは、わたしが間違ってた。わたし、安芸くんが好きで、……その、好きで……」

好き。

理屈じゃなくて、その人に自分のことを考えてほしくて、その人の全部が欲しくなる。

小麦ちゃんはこういう気持ちをずっと抱えてたんだ。

「だけど、これも幼稚園のときみたいに、しばらくしたらどうでもよくなる気持ちなのかもしれないでしょ。大好きな小麦ちゃんが安芸くんのこと好きだから、実物以上に安芸くんのことがいいものに見えちゃってるだけかもしれないし……」

そんなわけない。

けど、そう言っておけば、小麦ちゃんは、自分の気持ちだけに素直になれるはず。

安芸くんが好きなのは小麦ちゃんで、小麦ちゃんが好きなのは安芸くんで、わたしが安芸くんと別れたら、なにも問題なくなるわけで、そう伝えればいいだけなのに、喉《のど》が詰まる。

でも、言わなきゃ。

稲田とつきあう必要なんてなかった、ううん、それどころか、ホントにはじめっからおかしかったんだって。

「わたしが安芸くんのこと好きって言ったから、小麦ちゃんは身を引いたんだよね。そんなことする必要なかったんだよ。わたし、小麦ちゃんが自分の気持ちを言ってくれるんじゃないかって思ってたから、びっくりしちゃったもん。そんな悲劇のヒロインにならなくたってね、小麦ちゃんはちゃんとっ……!?」

唐突に、視界がブレた。

髪につけていたピンが外れ、どこかへ飛んで、遠く、地面に落ちる音がした。

「え……………?」

一拍置いて、頰《ほお》がじんじんと痛みだす。

◆◇◆

桜子がなにを言っているのか、脳が理解を拒もうとしていた。

実際、支離滅裂とまでは言わないけど、なぜ今それを訴えるのかわからない桜子の恋愛観を語られていたんだけど、それはこの際《さい》どうでもいい。

私の気持ちを――私が玄《げん》を好きだと、桜子に知られていた。

その事実に頭の中がめちゃくちゃになった。

玄を諦《あきら》めるために桜子を利用していたこと。

それなのに諦めきれず自分の首を絞めるはめになったこと。

今は稲田くんまで巻き込んでいること。

私が最初に自分の気持ちに向き合わなかったせいで、こんがらがっている現実。

写真を見つけられてしまったのも、今思えば、わざわざ物証を残すなんてなにを考えていたんだろう。

これさえなければ言い逃れができたかもしれないのに。

ああ、なにもかも、私がちゃんとしてさえいれば――。


そんな中飛び込んできた、悲劇のヒロイン、という言葉に、一瞬、我を忘れた。

桜子は、多分、深い意味もなく言っただけ。

でも私は見抜かれた、と思った。

私のこの被害者意識を。

悲劇のヒロインぶっている。本当にそう。全部私のせいなのなんてしおらしいふりをして、私ってなんて可哀想《かわいそう》って悲しみに酔って、自分が招いたことなのに、すべて避けようのない災害だったかのように諦める。

自分の気持ちに従う勇気がないだけのくせに。

ほらまた、自己憐憫《れんびん》で思考停止。

あらゆることから目を逸らして、潔癖で、自罰的で、自分の気持ちが一番大事なくせに、自分の気持ちを一番粗末にする。

桜子にはそういうふうに見られたくなかったのに。

だからこそ、桜子を一番に考えたのに。……ううん、本当に桜子のためを思っているなら意思確認もなしにいきなり報道部に連れていかないし、玄とつきあっていた事実を隠したまま紹介したりもしない。身を引くなんて綺麗な表現はふさわしくない。逃げたんだ。

でも、それだけじゃないのも本当で、私は桜子が本当に大事で、玄も好きで、どうしたらいいかわからなくて、こんな弱い自分を桜子には知られたくなくて、でも、桜子はあっさり看破《かんぱ》してて、悲劇のヒロインなんて言い方をされて、そんなの、私、私――――。

そうして。

気づくと、桜子が頬を押さえていた。

「小麦ちゃ……？」

桜子が信じられないものを見る顔で私を見る。

私だって信じられなかった。

でも、痛い。私の掌が痛い。

……私、今、桜子を、叩《たた》いたの？

「あの、違……」

なにが違うのか、言えなかった。桜子の絶望的な表情に、言葉が出てこなかった。

それに、自分の鼻にかかった声にも驚いたから。

いつの間にか、泣いていた。

頬が濡《ぬ》れている。

嫌だ。

こんな顔、桜子に見られたくない。

それ以前に――激情のあまり我を忘れてぶってしまうなんて、私にはもう、桜子の前に立つ資格がない。

◆◇◆

わたしの横をすり抜けて、小麦ちゃんが駅に向かう。

だめ。

まだ一番大事なことを言ってないのに。

安芸くんは小麦ちゃんが好きなんだよって、その一言を言わなきゃいけないのに。

だけど、わたしは動けない。

小麦ちゃんに拒絶されて、一歩も踏み出せない。

稲田のところに行く小麦ちゃんを止められない。

ぽつり。

水滴が地面に落ちる。

わたしの涙じゃなくて、雨だ。

とうとう降り出してきちゃった。

次々に降《ふ》り注《そそ》いでくる雨粒に、それでもわたしは立ち尽くしたまま、駅の構内に入ることもできない。

おかしいな。

こんなはずじゃなかったのに。

だって、これは、そもそも、わたしがやりたかったことでしょ。

小麦ちゃんに叩かれたなら、叩き返して、戦うところでしょ。好きな男の子を巡ってばちばちに喧嘩《けんか》して本当の友達になる。今、小麦ちゃんが怒ったのは、厳密には安芸くんのことじゃなくて、多分、わたしがいろんな人の気持ちを軽く扱ったことに対してだけど。

だけど、できなかった。

小麦ちゃんが泣いていた。

わたしは恋がわかってなくて、小麦ちゃんの好きな男の子を奪っても、後腐れなく仲良くできるって思ってた。小麦ちゃんがわたしから離れるわけないって。

今ならそれがわたしの幼児的万能感みたいなものだったってわかる。

うちにお金があって、この恵まれた外見で、他人を掌の上で転がして、なんでも手に入れてきたわたしの慢心。

恋心って、感情って、そう簡単に割り切れるものじゃない。

それなのに小麦ちゃんは安芸くんをわたしに紹介した。わたしのことを対等に見てなかったわけじゃなくて、むしろわたしのことを一番大事に思ってくれてたのに、なのにわたしが追い詰めちゃったんだ。

脅迫状（仮）を靴箱で見つけて、小麦ちゃんに好きな人を聞かれたとき、どうして軽い気持ちで安芸くんが好きとか言っちゃったんだろう。

あのとき、わたしがあんなこと言わなければこうなってなかったのに。

小麦ちゃんはきっとずっとつらくてたまらなかったよね。

稲田とセックスまでして、安芸くんを諦めようとした。苦しんで、それでもわたしを大事にしてくれていた。それなのに、今さら安芸くんを譲るみたいなこと言われたら、どんな気持ちになるだろう。

わたし、人の心をどうにかできる気になって、安芸くんも小麦ちゃんも両方ほしいとか甘いことばかり考えて、……安芸くんを好きになるにつれて、そんなことできるはずがないって心の底ではわかっていたはずなのに。

無神経に小麦ちゃんの優しさにべったりと寄りかかっていた。

重いよね、そんなの。

捨てたくなるよね、こんなわたし。

思い返してみれば、連休の前。

小麦ちゃんが部室で安芸くんにすがりついていた時点で、すでにわたしたちの関係は決定的に破綻していたのかもしれない。

あのときのわたしはわかっていなかったけど、小麦ちゃんは安芸くんを選んだ。あそこで一回、わたしを手放そうとしていた。わたしを諦めていたんだ。

でも、小麦ちゃんはまたわたしを選び直してくれた。

なのに、わたしのせいで、また、わたしは小麦ちゃんに諦められちゃったんだ。

雨はどんどん激しくなっていく。

雨粒が地面を叩く音がうるさい。

ピンが取れた髪の毛はずぶ濡れだった。

着ているワンピースがたっぷり水分を吸って重い。

なのに、駅構内に行こうって思えない。雨宿りをすることまで頭が回らない。

わたしの頭の中にあるのは、未練がましくも、小麦ちゃんと仲良くなったばかりの頃のことだった。


一年のとき。

わたしは小麦ちゃんと仲良くなろうとちょっかいかけて、最初は疎《うと》ましそうにされてたし、適当にあしらわれてた。

少しずつ態度は軟化してきてたけど、周りからは全然そう見えてなかったみたいで、『桜子ちゃんって独りの子ほっとけないの？　ホント優しいね～』って言われてた。独りが好きな人にとっては結構迷惑な行為な気がするんだけど、まあわたしの人徳だよね。

そのあともわたしは小麦ちゃんをしつこく追い回してた。

そしたら小麦ちゃんのほうが悪者に見えちゃったみたいで、『人の好意あんな無下にする？』とか『調子乗ってるよね』とか叩かれちゃってさ。わたし、もやもやしながらも言い返せなくて、愛想笑いして、教室出たら、そこに小麦ちゃんが立ってて、血の気が引いたんだ。

悪口に同調はしてないけど、否定もしなかったんだもん。

小麦ちゃんは逆の立場のときわたしの悪口を言ってた相手をやりこめてくれたのに。

立ち去った小麦ちゃんを慌てて追いかけても取りつく島もなかった。

別に気にしてないから、って。

強烈な拒絶。

嫌われたくないのに、どうしていいかわかんなくて、時間だけが過ぎてった。

そんなある日、わたしが電車から降りて改札を抜けたところで、『あの、そこ』って、女の人が小声でわたしのスカートの後ろを指して気まずそうに追い越してった。

なに？

そう思って体をよじって自分のお尻《しり》を見たら――。

スカートの裾《すそ》のほうに、なんか、見慣れないものが、ついてた。

…………………………………………は？

は？　は？　なに？　なんで？　いつ？　なんか電車乗ってたとき背後で息荒いやついるなーって思ってたけど、そいつ？　なに。キモ。は？　は？

いっそなんだかわからなければよかったのに、知識だけはあるから、もう、混乱して、気持ち悪くて、汚くて、気持ち悪くて、吐きそうで、気持ち悪くて、半泣きで、気持ち悪くて、気付いてこっそり好奇の目を向けてくる人はいても、誰も助けてくれなかった。

『こっち来て』

そう言ってわたしに手を差し伸べてくれたのは、偶然通りがかった小麦ちゃんだった。

女子トイレまで連れてってくれて、体操服を貸してくれて、わたしを着替えさせてくれて、わたしが自分じゃ触りたくないスカートをばしゃばしゃ洗ってくれた。

わたしは小麦ちゃんが悪く言われててもかばいもしなかったのに。

安心したのと、申し訳ないのと、なんかいろんな感情がぐちゃぐちゃになって、わたしは大号泣した。

わーん！　って鼻水まで出ちゃって、可愛いこぶってる暇なんかなかった。

小麦ちゃんは驚いた顔したあと、おろおろと挙動不審になって、でも最後にはわたしを落ち着かせるように撫《な》でて、子犬みたい、って笑った。

そこからなしくずし的に一緒にいてくれるようになった。


小麦ちゃんは神様みたい。

だからわたしは信じていた。

小麦ちゃんはヘマをするわたしでも受け入れてくれるんだ。小麦ちゃんは誰も助けてくれないときでも手を差し伸べてくれるんだ。小麦ちゃんはわたしがなにをしても見捨てないんだ。

そう、信じていた。

だから、小麦ちゃんがわたしから離れていくことはないはずなのに。

これからは、もう、戻ってきてくれない。

わたしが泣いていても、なにをしても。

どうしよう。取り返しがつかないんだ。なにをしても離れないなんて考え、ろくでもなかった。舐められるのは嫌だ、対等な友達でいたいって思って、小麦ちゃんを舐めていたのは私のほうだ。

こんなはずじゃない。失敗した。小麦ちゃんを泣かせてしまった。わたしはばかだ。時間を戻したい。でもそんなの不可能なんだ。

両方取るなんて無理で、もう戻れなくて、私は小麦ちゃんを傷つけて、……じゃあ、わたしにはもう安芸くんしか、いなくて――?

ふらふらと、わたしの足が動き出した。

どのくらいの時間が経《た》ったのかわからない。

「…………鳩尾さんっ?」

突然、声をかけられた。

「ど、どうしたの、こんなところで、なにやって……?」

顔を上げると、安芸くんと柴田ちゃんがいた。どっちも雨合羽を着ている。

こんなところと言われて気付いた。わたしの足は駅ではなく、安芸くんの家がある方角に向かっていたらしい。小麦ちゃんの家の近くってことしか知らないんだから、無謀すぎ。

ここは多分、柴田ちゃんの散歩コースで、偶然、安芸くんが見つけてくれた。

でも、その偶然は今のわたしにはもはや運命に思える。

だって、わたしには、もう、安芸くんだけなんだから。

体が、心が、勝手にここまでわたしを連れてきたくらいに、安芸くんを求めていた。そのわたしを安芸くんが見つけてくれた。

「うわあ、もうびっちょびちょじゃん、絞れるよ、服。……鳩尾さん？　桜子？」

わたしは一言も返せない。

なにがあったのかうまく説明できない。

わたしが普通の状態じゃないと気付いたのか、安芸くんはそれ以上はなにも聞かなかった。

代わりに、わたしの手を引いた。

「風邪引いちゃうって。なにがあったか知らないけど、一旦《いったん》、うちおいでよ。あ、家族は旅行行ってるって言ったよね、だから、全然遠慮もいらないし」

今日はうちに誰もいないからおいで、と下心丸出しのようなことを言ってるけど、安芸くんに、そういうつもりはない。純粋に、元気がなくても誰にも見られないから安心して、という配慮の言葉だ。

……安芸くんがどういうつもりでも、今のわたしならついていくけど。

安芸くんの隣を歩く。

柴田ちゃんは不思議そうな顔をして一瞬わたしを見上げた。本来、安芸くんの隣にいるのは別の人間であるべきだとでもいうように。

たとえわたしがここにいるのがふさわしくなくても、ほかにどこへ行けっていうの。

激しい雨は一向に止む気配を見せない。

3

鳩尾さん、一体なにがあったんだろう。

雨にまぎれていたけど、泣いていたような気がする……。

それも、やけにうつろな目をして。

急いで家に連れ帰って、俺は鳩尾さんをバスルームに押し込めた。

体が不調だと話もできやしないだろう。

「着替え、ここに置いとくからね」

シャワーの音が響いているし、俺の声は聞こえていないかもしれない。

脱衣所には、バスタオルと姉ちゃんの部屋から勝手に持ち出したスウェットを置いておいた。……あと新品の下着。姉ちゃんがごくまれに泊まりに来たときのために、一応姉ちゃん専用の防災セットが準備されているのだが、そこから拝借した。

鳩尾さんが着ていたワンピースを洗濯機に突っ込んで回す。

バスルームまでの道程でびしょびしょになった床の掃除して、玄関で待たせておいた柴田の体とか足の裏を拭いて、それでもまだ鳩尾さんが出てこない。

まあ、ゆっくり温まってねと言っておいたし、なにか考えたいことがあるかもしれないし、急《せ》かすこともない。

というか、よく考えると待ち構えてるのって気持ち悪いかもしれん。

俺はとりあえず二階の自分の部屋に移動した。ベッドに腰掛ける。

鳩尾さんが風呂《ふろ》から出たら、温かい飲み物でも入れよう。

落ち着いたらあんな場所で濡れ鼠《ねずみ》になっていた事情を話してくれるだろうか。

「あ……っ⁉」

ふと顔を上げて、ベッドのすぐそばの折り畳みテーブルが目に入って、俺は猛烈に焦《あせ》った。

鳩尾さんから押しつけられたコンドームの缶がある。

どうしていいのかわからず、ここに置きっぱなしにしておいたけど、……待ってくれ、俺、今、はたから見たら両親がいないから彼女を家に呼ぶ浮かれ野郎みたいになってないか？

そ、そういうつもりじゃない。心配しただけで、今の今までいかがわしいことはちらりとも考えてなかった。しかしこんなところにこれ見よがしにコンドームがあるとばっちり準備しておきましたとしか思われんだろ。

俺は立ち上がった。これ、学習机の引き出しかどっかに移動させて……。

「安芸くん……」

「わあっ⁉」

よりにもよってなタイミングで部屋のドアが開いて、鳩尾さんに声をかけられて、拳銃を突きつけられた人みたいに思わず両手を挙げた。つかんでいた缶ケースが床に軽く音を立てて落下する。

「ご、ごめん、あったまった？　す、すぐ降りてくか、ら………⁉」

強引に何事もなかったふりをして、鳩尾さんのほうに体を向けて、俺は硬直した。

風呂から上がった報告をしに来ただけだと思ったのに、鳩尾さんはそのまま俺の部屋に入ってきた。髪は濡れたままで、肩にバスタオルをかけ、……そして、なぜかスウェットの下を穿《は》いていない。

元々姉ちゃんのサイズは鳩尾さんに対して大きめだから、上だけ身に着けてる今もちょうど下着が隠れるくらいになってはいるのだが、きわどい。股のすぐ下からつま先まで肌がむき出しだ。むちむちした太もも——俺、あそこに手を挟んだことがあるんだよな——が目に毒すぎて、鳩尾さんが大変そうなこんな状況でなに考えてんだよ最低だな、と俺は目を逸らした。

「もしかしてズボン緩かった？　ずり落ちちゃうやつかな、待って、なんか別の……」

言葉が続かない。

どん、と、鳩尾さんが正面から勢いよく抱き着いてきたからだ。

「な、なに……？」

「着替えてる途中で、なんか、もう、だめって、わーって、なっちゃって……」

「え？」

「わたし、取り返しがつかないことしたんだもん……」

表情を見ようにも、覗《のぞ》きこめない。鳩尾さんは顔を俺の胸に強く押しつけている。

「どうしよう、わたし、小麦ちゃんに、捨てられちゃった……」

「え、あ、もしかして加二と喧嘩したの？」

「もう、友達でいてくれない。もう、そばにいてくれない。もう、小麦ちゃんはわたしを選んでくれない……」

鳩尾さんは混乱している。くぐもった声は独白だ。会話できていない。

小麦となにかあったのは間違いないみたいだけど、こんなに追い詰められるなんて、一体なにが……？

「ごめん、こんなわたし嫌だよね。でも、どうしていいか、わかんない。どうしたらいつものわたしに戻れるか、全然、わかんない」

背中を撫でる。どうしよう。どう落ち着かせればいい。なにを言えばいい。そもそも俺の声は届くんだろうか。

「あー……の、俺も、前言ったけど、父親に捨てられた、けど。戻ってこなかった、けど」

ああ、だめだ。

俺の経験で捨てられたことと結びつくのは親父のことしかないから、つらい気持ちはわかるよって共感しようとしてみせたけど、そうだよ、親父は戻って来なかったんだよ。それじゃあ小麦も戻ってこないよねって流れになってしまう。あほか俺は。そうじゃなくて、もっと、前向きになれることを、なにか。

「あの、でも、そう、大丈夫、ちゃんと。その、立ち直れるっていうか……、いや立ち直れるってのとは違うな、別に立ち直る必要なんてないんだから、なんだろな、最初は一日中そのことを考えていたけど、日に日にその考える時間が少なくなっていくっていうか、嫌な思い出になるけど、引きずったままでもちゃんと元の生活に戻れるっていうか……」

まとまらず、うやむやな発言にもほどがある。

そんなことすぐに忘れられるよ、とは言えないんだ、さすがに。

だってそんなん嘘だから。

でも、この世の終わりみたいなことがあったとしても、その出来事を抱えて取り込んで再生することはできる。

「引きずったままで、いい……？」

鳩尾さんから反応があった。

一応俺の経験談だし、なにか響くところがあったんだろうか。

「そう。なんかつらいことがあったなら、無理して明るく振る舞わなくていいって。明るい状態が普通ってわけでもないし。落ち込んじゃだめだとか、どんなときにも前向きにって、迷惑な自己啓発っていうか、有害なポジティブだよ。たとえどんな状態でも自分は自分なんだから。鳩尾さ……、桜子がいつもの自分に戻ろうとか意識しなくても、桜子はそこにいるだけで桜子だろ」

…………いや。

調子乗ったな、俺。

知ったふうな口をききすぎだ。ちょっといいこと言って救世主《メサイア》気取りで何様だよおこがましい。

今、この瞬間苦しんでるんだよ、鳩尾さんは。

報道部でインタビュー記事作ってて気付いたことがある。

たとえば、元いじめられっ子だとか、元毒親育ちだとか、そういう苦難を生き抜いた人から、かつての自分と同じ立場の人たちへのアドバイスって、あんまり届かない。

現在進行形でいじめられていたり、毒親持ちだったりするやつからは、反発さえある。

だって、インタビュー受けてるやつは、すでに問題を乗り越えてるんだから。もう同じ沼に足を取られている人間ではないのに、快適なところから仲間面されてたまるかってことらしい。生存バイアスうるせえなって。

俺の言葉だって、しょせん過去のことだ。

もっと、今、鳩尾さんに寄り添うべきだ。

――ああ。

なによりの共通点があるじゃないか。

小麦に捨てられている。

わざわざ親父なんか引き合いに出さなくても、俺は小麦に選ばれなかった。

「ごめん、桜子。さっきの、机上の空論だよな」

「え……？」

「不安だよな。……一生このまんまかもしれないって。気にしてないふりして、自分の気持ちごまかそうとしてももやもやしちゃってさ。そのことについて考えない日なんか来ないって思うよな。ずっとこんな日が続くって。百年経ったら誰もいないから気にすんなとか、心配事の九割は実際起こらないとか、世間一般で言われてる当たってくだけろ的な格言とかうるっせえよな、実際、取り返しつかなくなってるし、今、苦しくて、今、どうにかしたいんだもんな。もう思考なんかぶん投げて、なんにも考えずにいれたら楽なのにな……」

おかしなくらいに声に実感がこもってしまった。

なに謎《なぞ》の自分語りしてんだ俺は。鳩尾さんは知ったこっちゃないだろうに。

だが、そこで、鳩尾さんが顔を上げた。

正面から、ごまかしようもなく、まっすぐに、目と目が合う。

鳩尾さんの瞳《ひとみ》がどこか熱っぽかった。

俺は詳細は言わなかったが、それでも通じるものはあったのか。これは同じ痛みをわかりあえる人間に向ける目、なのか？

こんなふうに俺を見てくる鳩尾さんは初めて見た。

まるで、恋に落ちた人間の目みたいにも思える。俺は鳩尾さんの恋人であるのに、今さらなんでそう感じたんだろう。

「安芸くん」

鳩尾さんは、切羽詰まったように、でも、はっきりと俺の名前を呼ぶ。

「わたし、安芸くんがいい」

「うん？」

「わたしには、もう、安芸くんしかいないって、今、わかった……」

「――――っ⁉」

鳩尾さんが背伸びをした。

唇で唇をふさがれる。

完全に油断していて、俺の体は無抵抗の状態になっていた。

だからか、鳩尾さんのそう強くもない力で、そのままベッドに押し倒されてしまった。

「え、あの、鳩尾さ――」

俺の上にまたがった鳩尾さんは、聞く耳を持たず、もう一度、俺に嚙《か》みつくようなキスをした。

角度を変えては何度も何度も唇を重ねる。

閉じたままの俺の唇を、鳩尾さんの舌先が執拗になぞる。

いいや、唇だけじゃない。耳も、首筋も、輪郭も。

わけがわからなくなって口元をゆるめた隙《すき》を鳩尾さんは見逃さなかった。

歯の間からぬるりと舌が侵入してくる。

無意識なのか、逃げられないようにするためか、鳩尾さんは俺の側頭部を強く包みこんだ。

ちょうど耳をふさぐ格好になっているせいで、卑猥《ひわい》な水音が俺の頭の中に響く。

目を閉じているから、ほかの感覚がやけに鋭敏だ。

――小麦？

なぜだろう、俺は、小麦とのキスを思い出していた。鳩尾さんと何回もキスをしているのに、今まで小麦と重ねたことなんかなかったのに、どうしてか、今、小麦との最初のキスが思い浮かんでしかたがない。

連休前の部室で、大型の獣に襲われたかのような、あのキス。

鳩尾さんがいつになく必死だからだろうか。あのときの小麦とまったく同じように。

……なんだそれ。

今までは、鳩尾さんは、そこまで本気じゃなかったってことなのか？

——違う。そうか。わかった。

いつか、鳩尾さんに俺よりも小麦が好きじゃないのかと聞いたことがある。

あれは正解だったんだろう。ヒエラルキーのトップが小麦。

だけど鳩尾さんは小麦に捨てられた、それがどういう文脈なのかはわからないけど、とにかく小麦との決別を覚悟していて、今、俺が、鳩尾さんの一番になったから、——だから、キスが今までと変わったんじゃないのか。より切実に、より率直《そっちょく》に、より一心不乱に。

あくまで仮定。俺の妄想かもしれない。でも。

「……は、あ」

鳩尾さんの切なげな吐息も、ぐちゅぐちゅ泡立つ唾液の音も、触れあう粘膜の疼痛も、なにもかもがどうしようもなく真実だ。

口腔内を這《は》いまわる舌。

「……ん、う、……うう」

鳩尾さんの鼻から抜けていく声。

甘噛みされて、絡《から》みつかれて、浅く深く愛撫されて、窒息を覚悟するキスだった。

飲んだ経験などない度数の高いアルコール。あるいはとろみの強い蜂蜜。それらに口内が満たされて溺死していく。

唾液があふれて、一筋、顎《あご》を伝っていった。

「もう、なにも考えたくない、安芸くん。ねえ、助けて、安芸くん……」

「ちょ……」

流されるまま、熱を持った俺の体。

だが、鳩尾さんが下半身を――下着を穿いたままだし、俺も家用ジャージを穿いてるんだが――俺の硬く張ったところにすり、とすりつけてきたところで、俺はさすがに我に返る。

「ま、待って、なんで、こんなこと……」

「だって、安芸くんまで失いたくないんだもん、ねえ、わたしのものになって、安芸くん」

同じ動作を繰り返され、俺は歯を食いしばって、声を押し殺す。

「い、いや、こ、こういうのは、時期尚早と言いますか」

「どうして？　小麦ちゃんと稲田だって、したって言ってたもん……」

は？

一瞬、世界が真空状態になる。無音の中の無音。鳩尾さん今稲田を呼び捨てにしたよなっていうのもスルーして、え、小麦が、稲田と？

「うー……、もう、やだ、そのことも考えたくない、わたしのせいで、ああ……。頭の中、ぐちゃぐちゃになりたい。ねえ、安芸くん、ぐちゃぐちゃにして、頭も、お腹《なか》も、全部、ねえ、わたしの一割、安芸くんのものだよ。一割って全部だよ。全部あげるから、全部ちょうだい、ねえ、ねえ、お願い……」

俺は――抵抗できなかった。

鳩尾さんが落ちていた缶ケースを手に取るのをぼんやりと眺めている。

なぜか、俺は小麦が性的なことをすると、信じられなかった。

そこいらのやつらと同じことを加二釜小麦がしていることが受け入れられない。

俺自身キスもされたのに、……いや、でも、小麦にキスをされたとき俺は違和感がなかったか？

その証拠に、鳩尾さん相手のようなわかりやすい興奮に繋《つな》がらなかっただろう。

俺の片思いだと思っているときは小麦と偶然抱き合うような格好になったとき、どきどきしていたのに。

――偶像化？

ふいに、体育祭のときに保健委員と話したことを思い出す。

与えるだけの一方的な愛情だから安心する。気持ちが返ってくることなんて想定していない。

むしろそんな俗っぽいことをされたら解釈違い。

俺は。

もしかして、小麦自身を見ていなかったのか。

本当の小麦を知ろうとせず、理想を押しつけて、偶像化を恋と名付けてしまっていたとでもいうのか……？　俺が好きなのは、妄想の小麦……？

わからない。

だけど、どちらにせよ、俺の小麦が失われてしまったかのような気分だ。

——なにも考えたくない。

鳩尾さんと同じことを思った。

4

桜子を捨て置いて、電車に乗って、稲田くんと約束した場所へと向かう。

駅構内の、巨大な招き猫のモニュメントの前。

ここは待ち合わせ場所としてはポピュラーで、人が多くて、私は涙が止まらないからずっと顔を伏せている。

悲劇のヒロインって言われて、逆上して桜子を叩いて、これ見よがしに泣いて、このあと来る稲田くんに慰めてもらうつもり？

だって、稲田くんにならどう思われてもかまわないものね。

きみは悪くないよって肯定してくれる。

彼はいい人だから、間違いない。だけど、どうしてかしら、その想像だけで——なぜか、全身に鳥肌が立つほど嫌だった。

「か、加二釜さん、どうした？」

顔を上げる。

大勢の人の中から私を見つけてくれた稲田くん。

その彼の、無表情だけど、眉毛《まゆげ》がちょっと下がって、私なんかを心配しておろおろしちゃってる姿を目の当《ま》《あ》たりにして、私は、突然、本当に、突然、気付いた。

「……別れてほしいの」

稲田くんは面食らっている。

当たり前よね。

でも、わかってしまった。

私、——稲田くんが苦手だ。

嫌いって言ってもいい。

稲田くんは人の気持ちを思いやれて、いい人で、落ち度もなくて、なにも悪くない。

彼は好きな相手に――私にその想いを伝えた。

正面から、堂々と、誠実に、まっすぐ、いつでも自分の気持ちを疑わず、ごまかさず。

私がそうすべきだった、いえ、そうしたかったように。

でも私はしなかった。できなかった。自分の気持ちに素直になって、玄にぶつかっていれば。

そうすれば桜子とこじれなかったのに。

正義感が強くて、友人想いで、いつでも正面突破。

稲田くんは玄が私に見ている理想の姿で、私のほしかった強さを持っていて、彼が私に優しくすればするほど、自分の矮小《わいしょう》さや無力さを突きつけられてるようだった。

だから、私、稲田くんのことが好きになれなかったんだ。

「……俺と噂になるのは嫌だったか？」

「そうじゃない。そうじゃなくて」

私は涙を拭《ぬぐ》った。ぼやけていない視界で、真っ向から稲田くんを見据えた。

「……あなたといると、私、どんどん自分のこと嫌いになるの。あなたはいい人だと思う。でも、それが、無理なの」

絶句していた稲田くんは、私の要領を得ない、理不尽な話を聞いて、しばらく黙り込んでいた。

「……そうか。わかった」

でも、自分の中で咀嚼《そしゃく》したみたいで、不平不満のひとつも口にしなかった。

そういう物わかりのいいところも、うらやましくて、腹立たしい。

一度自分の気持ちに気付いてしまうと、稲田くんとつきあうのはもう不可能だ。

「ありがとう」

このまま目の前に居座るほど図々しくはない。

私は稲田くんに背を向けて、構内のどこへともなく歩き出した。

こんなことで悲劇のヒロインの汚名を返上することはできなくても、でも、今、稲田くんとうやむやでつきあっていくことはやめた。

私は逃げなかった。

……玄と桜子に対しては、どうだろう。

もう取り返しがつかないかもしれないけど、でも――――。


「あれーっ、もしかして、小麦ちゃんじゃないっ？」

女の人の明るい声がして、私は足を止める。

向かいから綺麗な女の人が私に近寄ってきた。

「え、と……」

どこかで見覚えがあるような、ないような。私の名前を呼んだってことは変な勧誘とかではないんだろうけど……。

私、人の顔を覚えるのに苦労するタイプだから弟妹の関係者で忘れてて失礼にあたる相手だったらどうしようかしら。

「ん？　もしかして、わかんない？　そっか、結構会ってないもんねー、どんくらいぶりだろ」

親しげに振る舞う女の人の目元を見て、思い出した。

「あ……。安芸の、お姉さん……？」

「そーそー！　久しぶりだねー！　小麦ちゃんおっきくなっちゃってー！」

「はい、お姉さんも大きくなられて」

「太ったって言ってる？」

「ふふ、真似《まね》して言っただけです」

ここ五、六年くらいは会ってなかったけど、昔は家族ぐるみのつきあいをしていて、玄のお姉さんはちょっとした憧《あこが》れの存在だった。

長女って、年上の人に甘えることがストレスになる。でも玄のお姉さんはからっとしていて話しやすくて好きだった。私の泣きはらした顔にも、触れずにいてくれているし。

「あたしさー、ひっさびさに土曜休みなんだけど、土曜って、人、こんなにいた？　みたいな。わかってたけど、混みすぎだよね、どの店もさー。小麦ちゃんは、なに？　デート？」

「ち、違います」

「そーなの？　小麦ちゃんとか男がウザいくらい群がるでしょ」

「いえ、そんな」

「えー。意外。てか玄とは今でもよく遊んでる？」

「ど、どうでしょうね。もう高校生ですし」

うすらぼんやりとした返事をした。玄とお姉さんの間の会話と、私の言い分に齟齬《そご》が出たらややこしくなりそうで。

「まー、そうなっちゃうかー。あっ、じゃあ、これ知ってる？　うちの玄にはね、今、彼女いるんだよ！」

「そう、なんですか」

嫌になるほど知ってます。

「もーね、聞いてよ、小麦ちゃん！」

「いえ、幼なじみの恋バナとかあんまり……」

「恋バナとかじゃないって！　ひっどい話なんだよ！　あいつさー、元カノ忘れるために今カノとつきあってるんだって！」

――――は？


話が違う。玄は私のことを好きだったのは中三だったって言っていた。

あれは嘘だったの？

桜子とつきあったのは、私を忘れるため？

お姉さんの言葉はもう頭に入って来ない。


玄が今でも私のことを好きだったら、私はなりふりかまわなかったかもしれない。


私、何度も何度もそう思った。

今、前提が覆《くつがえ》った。

私の手が勝手に前髪を留めているピンに伸びる。

友情の証。

私にはこれをつける資格が、ない。

だって。

「え、……えぇっ!?　ちょっと、小麦ちゃん、落としたよこれ、ピン、えっ、なに、なに、どしたのー!?」

私の足が玄に会いに行こうと走り出してしまっているから。

玄。どうして。なんで隠してたの。言う機会はいくらでもあったはずなのに。

――あんた、私のこと、今でも、好きだったの？

5

ぎしり、とベッドが軋む。

仰向《あおむ》けに寝転んでいる俺のジャージの張りつめたところに鳩尾さんが掌を置く。どくどくと脈打っているのが伝わってしまいそうで、どきどきする。

これからもっとすごいことをするのに。

だが、現実感がなさすぎて、なにもかもどこか遠くで起こっていることのようだ。

なぜか、不燃物の日はいつだっただろうかと思考が飛ぶ始末。

鳩尾さんは一旦俺から手を離して、缶ケースの中身を手に取った。

衣服すら脱いでいないのに取りだしてどうするつもりなんだろう、と思いつつも眺める。

小さな袋。

さらにその中身……というか、本体を取りだそうとしているのに、鳩尾さんは、なぜか封を切ることができないようだ。

カップやきそばのソースとかでたまに起こる現象。どこからでも切れますって書いてあるくせに切れねえじゃん、というベタなあるある。

鳩尾さんは焦っているのだろうか、悪戦苦闘して、少しいらいらとしている。

ついには、手から袋を取り落としてしまった。

「う、……うう～……」

「え、ど、どした、どした⁉」

鳩尾さんの目に涙が溜《た》まっている。

俺は慌てて体を起こす。もう一気に全身冷えた。

向かい合って、鳩尾さんの顔を覗《のぞ》きこむ。

ぼろぼろと鳩尾さんの涙があふれ出す。

「なんで、もう、全然、うまくできない、どうして、わたし、なんでもできるって、思って、……た、のに、なんでこんなことも、うまくできなくなっちゃうの、れ、練習とか意味ない、こ、コンドームもつけらんなくて、小麦ちゃんがいなくなっちゃって、もう、なんにも、できない、もう、だめ、もうわたし、だめなんだよ……！」

鳩尾さんは、うわーん、と文字で聞こえるくらい、子供みたいに泣いた。

身も世もなく、感情丸出しで、鼻水垂らして、全然きれいじゃない泣き方だ。

彼氏なら、優しく抱きしめて、よしよしと慰めるべきなんだろう。

だが。

「……う……」

「安芸くん？」

「な、なんか、さ、桜子が泣いてるから……」

俺は、つられた。

だって、俺と鳩尾さんは同じだからだ。

俺たちはそれぞれ小麦を失って、それでこんなことになっている。

「もう、な、なんで、安芸くんが、そんなに泣くの、もー……」

鳩尾さんも俺を同じ存在だと認識したのかもしれない。

欠けたところをお互いで埋めるべきだと。


二人で、わんわん泣いて、泣きつくして、体力も気力も使い果たした。

ぱたりと電池の切れた人形のようにベッドに倒れ伏した。

どちらからともなく一緒の布団《ふとん》に入った。

鳩尾さんの髪の毛が濡れたままなのさえかまわずに。

お互いの体に体を絡ませて抱き合えば充電できると信じているかのように。

「うー……、目、ぱんぱんになりそう……。なんか、もー、疲れちゃったね……。このまま

ちょっと寝よ」

「下のスウェット穿いて、桜子。脱衣所に置きっぱ?」

「んえー、めんどい」

「寒くない? 取ってくるけど」

「安芸くんのこともっとぎゅってして暖取るからいいよ」

「いやあの、俺、反応しちゃうからね、それ」

「あはは。生殺しだねえ」

疲労と睡魔で、無意味な会話。

なぜかただ抱き合っているだけで距離が近づいていた。

いや、なぜか、じゃない。俺も鳩尾さんも気付いていたからだろう。

同じ痛みなら二人でひとつずつ持っているより、溶け合わせてひとつにしたほうが、耐えられるのだ、と。直接的な肉体の繋がりより、その共同幻想が俺たちには必要だったのだ。

玄関チャイムの音で目が覚めた。

しかも、何回かの連打。

「んんー……? なあにー……?」

隣で鳩尾さんが、むにゃむにゃしている。布団から出ようとしたら、腕に絡みついてきたので、そっと外す。

「安芸くん、どっか行っちゃう……？」

「行かない、行かない。いいよ、寝てて」

「そっか、早く帰ってきてね……」

起きたら今の会話覚えてないんじゃないかってくらいの寝ぼけまなこだな。

俺の家だから当然俺が応対するけど、変則的ピンポンダッシュとかいたずらだった腹立つなあ。それとも宅配でも来たかな。

母ちゃんとかお父さんから荷物受け取ってって連絡来てるかも。

学習机に適当に放り投げておいたスマホを見る。

なんだ？　姉ちゃんからのメッセージ溜まってんな……？

まあ、どうせまた愚痴かなんかだろうからあとから見りゃいいか。

俺は音を立てないように部屋から出る。

「はい、どちらさ────!?」

玄関のドアを開けて、胸に衝撃。

まだ雨が降っていることに気付いた。雨の音を聞いたからじゃなく、雨粒を見たからじゃなく、……全身ずぶ濡れの小麦がかなりの勢いで抱きついてきたからだ。

「お、おいおい、な、……なんだ?」

「玄、あんた、私を忘れるために桜子とつきあったって本当?」

――――――――え。

ざあっと一気に体温が下がっていく。

激しいはずの雨の音も聞こえない。

まずい。とにかく考えるより先に頭の中をその言葉が埋めつくしていく。まずい、まずい、まずい。

どうして。なんで今さら。誰から聞いた。どこでばれた。

なにか言い訳を。いや今必要なのは言い訳か?

わからない。なにを言えばいい。

それ以前に、声が出ない。

舌を切り取られて、喉を潰されたかのように、全然、出ない。

「どうして、玄?」

小麦は俺のジャージを両手で握りしめる。つかまれているのは布だってわかっているのに、錯覚する。心臓を強く握り絞められているんじゃないかと。

「なんで言ってくれなかったの」

なんで?

俺は責められているのか？

「あ……」

なんとか声を絞り出す。

「でも、俺が——、別に……、だって、お前には稲田が……」

「好きじゃないのよ！　稲田くんのことなんて！」

要領を得ないことしか言えない俺に、小麦が叫ぶ。

「で、でも、稲田とセックス……」

「してるわけないじゃないっ！」

金切声でそう言って、小麦が勢いよく顔を上げる。髪が跳ねる。

鋭くこちらを睨む小麦の瞳。でも、そこにあるのは怒りじゃない。悲しみでもない。独りよがりで妄信的でぐちゃぐちゃの混沌。

今、小麦の体の中ではおそらく自分でも名付けがたい感情が暴れまわっている。

「なに、それ、誰から聞いたの……、しない、してるわけない、できない、そんなの、無理、絶対……」

小麦は呻くように言う。

俺は一歩も動くことができない。どこにも行けない。自分がどこに立っているのかさえ危うく思えてくる。

べてが嘘。
己を取り巻くものすべてが疑似事実だったかのような不安定さ。本物だと信じていたものす
なにが真実なんだ。俺は、なにを信じればいい。

「玄」

「な、に……」

「私、私ね、桜子をね、切り捨てちゃったの」

人を殺してしまったの、とでも言うように。

「だから、もう、私には、玄しかいないの」

小麦の表情は追い詰められて、ひどく悲痛なものだった。

「今でも玄が私のことが好きなら、桜子と別れて、ねえ、お願い、私のこと、選んでくれる
────？」

エピローグ

EPILOGUE

いつのことだっただろう。

俺《おれ》と、小麦《こむぎ》と、鳩尾《はとび》さん。

三人で、屈託なく過ごしていた報道部での日常を思い出す。

たわいもない世間話。

「今ってスマホとかあるから人類史上一番人間が写真ってものを撮ってる時期らしいけど、撮りっぱっていうか、データって案外整理しないよな」

「あー、わかるー！　意外に見返さなかったりするよね」

「私、テレビとかもそうよ」

「あっ、それもわかる！　録画した時点で満足しちゃうっていうか、いつか見れるーって思うと結局いつまでも見ないよね。ハードディスクが外付けの自分の脳みそみたいな！」

「鳩尾さん、不思議な表現するよね」

「そっかな？　でもホント、データがあるって思うと安心しちゃうよね。いつ全部飛ぶかわかんないのにバックアップとか後回しにしちゃったりさー」

「写真なら使い捨てカメラとか使えばいちいち現像するから放置とかしなくなるかもな」

「それはそれで管理が面倒そうね……」

「ね、使い捨てカメラって持ってると、大人の人がちょっとうれしそうに『いまどきの子もそれ使うんだー』って言ってくることない？」

「わかる。なつかしいんだろうな。あ、使い捨てカメラといえば、面白《おもしろ》い話がある」

「安芸《あげ》くん、前フリですっごいハードル上げるじゃん」

「えーと、そんな面白くないかもしれないけど」

「日和《ひよ》るんじゃないわよ」

「あはは、なになに？」

「前の部長がたまに言ってたんだけど。――不慮の事故で亡くなった彼女の両親から、形見として使い捨てカメラをもらった男がいたんだ。そのカメラは一枚だけ写真が撮られていて、生前の彼女は『自分の愛する人をこっそり撮ったの』と言っていたらしい。もし自分がその男だったらどうする？　って話。現像するか、しないか」

「あ、思考実験的なこと？」

「なあに、難しい話？」

「そんな大層なもんじゃなくて与太話《よたばなし》だと思う」

フィルムを現像して、自分の姿が写っていればいい。美しい話だ。彼女はキミを愛していた。

想《おも》いよ、永遠に。彼女の両親や恩師、親友が写っていたとしても、まあいい。人間関係のカテゴリーが違うと納得できる。自分は一番ではなかったが、呑《の》み込《こ》めるだろう。

問題は、別の男が写っていたときだ。浮気《うわき》相手か？　いや、浮気相手は自分かもしれない。

しかし責めるべき人間はもうこの世にいない。

なにもせずたとえ嘘《うそ》でも甘い夢を見続けていくか？　少しくらいの疑心暗鬼は見ないふりをして。

それとも、現像して真に愛されていたという美しい真実を嚙《か》みしめるか。または、現像してすべての思い出を黒く塗りつぶしても苦い真実を知るか。

つまり、真実を知るにはいつだってリスクがあるって話だ。自分自身を完璧《かんぺき》に騙《だま》すことができるなら、甘い夢を見続けるほうが幸福なのかもしれない。

むしろその甘い夢は真実と区別がつくのか？

「それで？　安芸くんはどうするの？」

「報道部部長として現像しそうだけど、あんた、どっちを選んだの？」

なんでそんなことを思い出したんだろう。

階段を下りる足音が聞こえてきたからだろうか。つまり——ここに、三人がそろってしまったから、だろうか。

「小麦《こむぎ》ちゃん……？」
「桜子《さくらこ》……？」

俺の胸の中にはずぶ濡《ぬ》れの追い詰められた小麦。
背後にはスウェットの下を穿《は》いてない寝起きの鳩尾さん。

それで、俺はどうしたいんだっけ。
あの質問になんて答えたんだっけ。
真実を追求すべきだって言ったんだっけ。
でも、それは甘い夢も同じことなんだっけ。
……あれ。俺の真実ってなんだっけ。

あとがき

ええ……、ラスト、修羅場っぽいじゃん……。

と、他人事の顔をしつつ。

さて！　相も変わらずあとがきを書くのが苦手すぎて、一文字も書けずに数時間経過してしまいました。

なんなんだよ、あとがきってやつはよ……。

みなさま、二巻を手に取っていただきありがとうございます。

いかがでしたか？　感想ください。（直球）

今回、特に桜子《さくらこ》がなにを考えているのかつかむまでが難しくて、全面的に書き直しがあったりなかったり。

一巻終了時の想定と全然違う方向にいって、かと思えば一周回って戻ってきたようなところもあったりなかったり。

元々桜子は、玄《げん》・小麦《こむぎ》と比べて性格にデフォルメ感が強いと言いますか、フィクション次元が違うと言いますか、どうにもこうにも同じ舞台に立っていない子で、そこに振り回されてしまったわけですね……。

どうでしょうか。三人、同じ地平に立てたでしょうか。

さあ——っ、どうなる——っ、恋の行く末——っ！（強引な締め）

多くの方に御助力いただき、この本をお届けすることができました。

ハイパーエモーショナルイラストを描いてくださったあるみっくさん、敏腕☆編集☆担当田中さん、ＧＡ文庫編集部の方々、デザイナーさん、本書にかかわってくださったたくさんのみなさま、そしてそして、ここまで読んでくださったあなたに！

心より御礼申し上げます。


ありがとうございました！　佐野しなのでした！

ファンレター、作品の
ご感想をお待ちしています

〈あて先〉

〒106－0032
東京都港区六本木2－4－5
SBクリエイティブ（株）
GA文庫編集部 気付

「佐野しなの先生」係
「あるみっく先生」係

本書に関するご意見・ご感想は
右の QR コードよりお寄せください。

※アクセスの際や登録時に発生する通信費等はご負担ください。

https://ga.sbcr.jp/

私のほうが先に好きだったので。2

発　行　2022年5月31日　初版第一刷発行

著　者　佐野しなの
発行人　小川　淳

発行所　SBクリエイティブ株式会社
〒106−0032
東京都港区六本木2−4−5
電話　03−5549−1201
03−5549−1167（編集）

装　丁　AFTERGLOW

印刷・製本　中央精版印刷株式会社

ISBN978-4-8156-1158-3
Printed in Japan　GA文庫

試読版は
こちら!

ひきこまり吸血姫の悶々８

GA文庫

著：小林湖底　画：りいちゅ

「ここどこ？」

　コマリが目を覚ますと、そこはいつものように戦場……ですらなく、さらにとんでもない場所――「常世《とこよ》」だった。コマリとともに常世に飛ばされてしまったヴィル、ネリア、エステル。４人はコマリを中心とした傭兵団「コマリ倶楽部」を結成して未知の世界を旅して巡る。そして出会った一人の少女。

「ヴィルヘイズ……？」

　その少女コレットは、ヴィルのことを知っているという。

　別世界であるはずの常世に、なぜヴィルのことを知る人物が？　元の世界に戻る方法は？　新たな世界「常世」の謎にコマリたちが挑む！